teenに贈る文学

ばんぱいやのパフェ屋さん

真夜中の人魚姫

佐々木禎子

ポプラ社

真夜中の
人魚姫

ばんぱいやのパフェ屋さん

序章

いるかもしれないし、いないかもしれない。

学校のトイレの花子さん。
闇夜に紛《まぎ》れて若い乙女たちの生き血を啜《すす》る吸血鬼。
夜のプールで月夜に水浴びをする妖艶な人魚。
暗いトンネルを徘徊《はいかい》する地底人。
人の形へとメタモルフォーゼする獣たち。
呪術を使い魔法をあやつる魔女と魔法使い。

あるかもしれないし、ないかもしれない。

幻獣たちが飛び交う夢の国。

ここではない、どこか。

あるいは——。

いまの世界に寄り添うようにしてぴたりと貼りついてしまった、どこでもない

——ここでしかない現実——。

1

札幌《さっぽろ》の町のなかを甘い花の匂いがふわりと漂《ただよ》っている。

ライラックの香りだ。

民家の庭先や公園のあちこちに植えられたライラックの木に、紫や白の花が咲いて風に揺れる。ライラックの花はリラとも呼ばれていて、この花が咲いたと同時に、すーっと札幌の町が冷えることがある。

リラ冷えと呼ばれるその現象は「これから夏になるよ」というしるしの寒さだった。ジャンプする前に一瞬、町全体が夏に向かうためにぐっと腰を屈《かが》める。

けれど、そこから一気に夏になるわけじゃない。

札幌の空気は、それからしばし夏と春とのあいだで綱引きをくり返すのだ。朝と夜、昨日と今日とで、暑くなるか寒くなるかを揺れ動き——そうしているうちに、あっと気づけば夏になっている。

そうなるとライラックだけではなくありとあらゆる花が、色を競うように花開く。街路樹の緑の葉も艶々《つやつや》と光りだす。

高萩音斗《たかはぎおと》は、ライラックの花の咲く時季の街の匂いがとても好きだ。

しかし――今夜の音斗は窓の外から運ばれてくる風の匂いより、目の前の数学の宿題に意識を集中しなければならないのだった。

札幌市中央区《ちゆうおう》の商店街の外れにある『パフェバー　マジックアワー』。

古い一軒家を改築した店である。まだ「準備中」の札《ふだ》が下がっている木製の扉は見るからに重たげで、店舗なのになんとなく「愛想が悪い」。でも大きな窓から店内を覗《のぞ》き込《こ》むと、スズランの形をしたランプや手作り感のあるレトロな内装が懐かしさと暖かさを醸《かも》しだしている。

開業前の店の、居住スペースで、音斗はさっきからずっと学校の宿題のプリントと格闘していた。

音斗はこの春に中学一年になった少年だ。

幼い頃から身体《からだ》が弱くてすぐに倒れてしまう音斗は、外遊びを満喫する機会がなく、必然としてインドア派に育っている。なにせ音斗はついこのあいだまで、医者に「この子は原因不明の虚弱体質で、二十歳《はたち》まで生きられない」と言われていたのだ。


小学校では体育の授業はすべて見学。課外授業の日は自宅待機。元気な生徒たちのなかで音斗の存在は沈み込み、気づいたときには仲間外れになっていた。

外に出ないで本を読んで過ごしていた分、音斗は勉強がわりと得意だ。が、それでも中学校の授業はやはり難しく感じられた。特に、英語と数学。

テーブルに広げた教科書と宿題のプリントを見て『パフェバー マジックアワー』の店員であるハルが、音斗に声をかけてきた。

ハルは、ミルクでできた王子様の人形のような容姿をしている。金色に近い茶色の巻き毛に縁取《ふちど》られた小さな白い顔。鳶色《とびいろ》の瞳はいつも好奇心と茶目っけでキラキラと瞬《またた》いている。

完璧な王子様風の見た目に、バネ仕掛けのびっくり箱みたいに突拍子もない言動を乗っけると、ハルができあがる。

「音斗くん、音斗くん。なんの勉強してんのー? あ、数学かー。数学といえば、タカシくんだよね。タカシくん最近どんなことになってんの?」

「え？」

タカシくんて誰だ？

「先に出たお兄さんの十分後に家を出たり、池のまわりを兄とふたりで反対方向から歩いたり、決まった速度で二十分歩いてから、突然ある位置で速度を落としてやっぱりロボットみたいに正確な速度を維持して歩き続けたり……タカシくんてトータルでキャラ立ってるよね。どの数学の問題でも『なんでそんなことするんだよ。だけどタカシだから仕方ない』って感じ？」

「あ……ええと……」

数学の文章題で、さまざまなことをする人間の名前か。「タカシくんが蜜柑《みかん》を八個買ってきました。四人で分けることになりました。さて、ひとり何個の蜜柑がもらえるでしょうか」というような問題。言われてみれば小学校のときの算数の文章問題にも「タカシくん」がいたような気がする。

「タカシくんの家には蛇口が何個もついている謎の風呂場があって、栓の抜けた浴槽にじゃばじゃばと水を入れ続ける謎の風習があるんだよね〜。それ聞いたとき、鳥肌立ったもん。怖《こわ》っ、て。ホールケーキを毎回きっちりと人数分に等しく分けないと気がすまないタカシくんは、家のなかまで怖いことになってんだなあ〜って。タカシくんち、絶対に物理法則に基づいて木から落下させるためだけに猿を飼ってると思う」

「あの……」

「あ、音斗くんはまだ物理習ってないからピンとこないか。とりあえず数学と物理の教科書にはタカシくんの人生のネタがたくさん埋まっているんだよ。数学のプリントってのは、タカシくんの人生の記録と言っても過言ではないのだ〜！　僕、その刷り込みってあってさ、タカシって名前の人と会うと、つい時速何キロで歩きますかって聞いちゃうんだよね〜」

　ハルが真顔で言う。

　音斗の頭を悩ましていた数学のプリントの束が、いきなり見も知らない出会うこともないだろう「タカシくん」の人生の記録になってしまった。

　音斗はポカンとハルを見返してから、おかしくなってぷっと噴《ふ》きだす。

「……ハルさん、ありがとう」

「んん？　なにが？」

「数学、難しいな〜って思ってたところだったから。教科書とプリントに載ってるのが数字だけじゃないいんだなって思ったら少し気が楽になった」

「そうそう。数字だけがすべてじゃないのさ〜」

と――音斗の対面に座っていた、こちらは『マジックアワー』の店主であるフユが、

「いや。数字は大切だ。数字こそがすべてだ。金は正義だ。音斗くん、ハルにだまされるな」

と会話に割って入った。

しかし、語りながらもフユの切れ長の蒼《あお》い目は音斗やハルではなく、じっと自分の手元を睨《にら》みつけていた。

フユは、銀色の綺麗な長い髪を後ろでひとつに束ねている白皙《はくせき》の美貌《びぼう》の主だ。眉間《みけん》には深いしわが寄り、きつい双眸《そうぼう》がさらにつり上がっている。物語に出てくる「世界を破壊する銀色の魔王」みたいな、なにもかもを凍らせてしまいそうな冴え冴えとした目つきだったが――その視線の先にあるのは家計簿である。

音斗が宿題をしている目の前で、フユはさっきからずっと家計簿のチェックをし

ているのだ。

フユは『パフェバー　マジックアワー』の店主であると同時に、財務担当者だ。さらに言えばフユの趣味は貯蓄で、金の勘定をしているときだけは蕩《とろ》けそうな顔をする。フユの口癖は「金は俺のことを裏切らない」だ。

「もう～、フユったら。お金のことなんて誰も話してないじゃん～。タカシくんの話だよ。僕、音斗くんのことだましてないってば！」

ハルがぶうっと膨《ふく》れるが、フユは見事に無視している。

「ハルさん、たぶんフユさんはいま、数字っていう単語に反応して口を出しただけだと思う。条件反射みたいなの」

音斗はハルのシャツの裾《すそ》をきゅっと小さく引っ張って、ささやいた。

なにせフユはあまりにも金が好きすぎて「オセロみたいなもの」とか「将棋みたいなもの」という曖昧な名称の独自のゲームを作っている男なのだ。それらはすべて、オセロだったり将棋だったりの既存の盤とコマを使いつつ、最終的には「金がすべてをひっくり返す」。金で決着をつけるゲームなのである。

自ら「金の大事さを啓蒙《けいもう》したい」と謎のゲームを普及させるべく努力しているが、

いまのところフユ以外にその「～みたいなもの」シリーズのゲームの素晴らしさを知っている者は、いない。

目もくれないフユと、それにむくれるハルを尻目に――もうひとりの店員であるナツが、ひたすら無心にシャカシャカと生クリームを攪拌《かくはん》し続けていた。

金色の鬣《たてがみ》みたいな髪が、もふっもふっと揺れている。大柄で長身なナツが持つと、当たり前の泡立て器やボウルが、おままごとの道具みたいなミニチュアサイズに見える。ナツはひどく真面目《まじめ》で熱心な顔をして、ボウルの一点を凝視し、一定のリズムで泡立て器をボウルに叩《たた》きつけている。このアイスクリームができあがることで世界の危機を救えるかのような熱意を感じさせる。

「ていうか、音斗くん、いままでの流れのさ、どこかで突っ込んでよ！　フユはずっと家計簿に夢中だし、ナツには突っ込みは無理だし、音斗くんにしか頼めないんだからさっ。僕がボケたらどんな些細《ささい》なボケでも拾って、レシーブして、トスしてアタックして！」

唐突にハルの矛先《ほこさき》が音斗に向いた。

「え、いまのタカシくんのやつ冗談だったの？」

真面目《まじめ》に言っているのかと思っていた……。

途端、ナツがしゅんとして、

「俺はなにもできないから。無理なことばかりだ。すまない。音斗くんにまで助けてもらって」

とつぶやく。

まさかの予測不能なナツの反省と謝罪である。

「えええええ。違うよ。ナツさんはすごい働いてるよ。なにもできなくなんてないよ？　マジックアワーのアイスとシャーベットのすべてがナツさんの腕力で支えられているんだよ？　ハルさんへの突っ込みくらい僕にまかせてよ！」

音斗はぐっと握りこぶしを作って前のめりになる。

「音斗くんは……いい子だな」

フユが家計簿から顔をあげてぼそりと言った。

「うん。僕には負けるけどっ。でもいい子だよねっ」

ハルがすかさず続ける。

ナツはなにも言わずにパアッと光が射したような笑顔になって音斗たちを見返し

ている。しかし微笑《ほほえ》みながらもナツの手は止まらない。

シャカシャカシャカ……という泡立ての音が室内に鳴り響く。

——なんていうか、三人とも、みんな独特だ。

全員容姿端麗《たんれい》。なのにみんな微妙にずれた性格。

そんなフユたちと音斗は遠い親戚である。

今春、思うところあって家出した音斗がやって来たのが、フユたちの仕事場かつ住居である『パフェバー　マジックアワー』だった。

ものすごい決意のもとに家出をしたのに、音斗の母親には最初から家出先がばれていて——いろいろあって、最終的に音斗は両親公認で、フユたちのところに居《い》候《そうろう》させてもらうことになったのだ。

『マジックアワー』は「日が沈んでから、夜が明けるまで」を営業時間とする変わったパフェ屋だ。

夜しか、店を開けない。

それがおもしろいと訪れる客たちは、言う。

電車通りに近い、古くからの商店街にある古民家を改装したレトロ感溢《あふ》れる建築物。特殊な営業時間。リキュールを入れて攪拌した美味《おい》しいアイス。濃厚な味わいの生クリームは、濃い風味を保ちつつ繊細な舌ざわりで、口のなかでふわっと消える。パフェに使う季節のフルーツシャーベットは素材を厳選し、味わいと香りをぎゅっと濃縮させて凍らせている。アイスもホイップも美味しいけれど、シャーベットだけを食べたいと熱望する人も多い。

この春に開店したばかりだが、タウン誌に掲載されたり、口コミブログでその味が喧伝《けんでん》され、またたくまに客足が途切れない有名店になった。

『パフェバー　マジックアワー』の、ハル、ナツ、フユという季節の名前を持つ、それぞれに推定年齢、十九歳、二十七歳、二十八歳のイケメン店員。彼らの存在も店の繁盛の理由のひとつだ。

「……ていうかさ、フユ、さっきから家計簿睨《にら》みすぎだよ〜。先月の店の売上げ、黒字だったたって聞いたと思うんだけど〜?　なんか問題でもあるの?」

ハルが腕組みをしてフユに尋ねた。

「今月に入ってから近所のお客さんの足が止まったんだ。先月は週に二度も三度も来てくれていた人たちが、来なくなった。どうしてだろうと思ってな」

「パフェやアイスってそんなに頻繁《ひんぱん》に食べにくるもんじゃないってことじゃない？」

「飽きられるようなパフェやアイスを作っているつもりはないんだがな……。この近所の人間ばかりが来なくなったというところが気になる。いつでも来られるからこそ、いつでも来たいと思ってもらわなくちゃ。アイスの味もそうだし、店員のサービスについても見直しをしたほうがいいのかもしれない。まだまだ改善の余地がある。だいいち――来月には夏になるだろ」

ハルとフユの会話を聞きながら、音斗は思わず壁にかけられているカレンダーを眺《なが》める。

――六月十日。

まだちょっと夏には早いが、でももう春ではないよという微妙な時期だ。

来週になればいま甘い匂いをさせているライラックの花房も萎《しお》れはじめるだろう。

「パフェとアイス屋は一般的に夏が繁忙期《はんぼうき》だ。けどな、夏は、俺たちにとっては難しい季節だ。日が沈むのが遅いのに、夜明けは早い。日照時間にあわせての活動がつらい。正直、日没から日の出までの営業時間で、どれだけ稼げるかはやってみないとわからない。その分の損益を考えて、引き締めなくちゃならないから仕入れや経費の見直しと試算をしているんだ」

「ああ、そっか〜。日照時間ね。それはどうにもなんないもんな〜」

難しい顔つきのフユに、ハルが納得したような顔を見せた。

「うむ」

シャカシャカと泡立て器を使いながらナツも重々しくうなずく。

——そうか。夏は日が長いから、その分、ここのお店の営業時間が短くなるのか。

日没から日の出まで。

『マジックアワー』の営業時間はどうあってもそこから外れることはできないのだ。

なぜならば——彼らは吸血鬼の末裔《まつえい》だから。

フユたちは、いつからそこにいたのかもわからずに、北海道道東の酪農地帯で隠れて暮らしていた吸血鬼の一族の出身だった。しかも「隠れ里」でひっそりと過ごしていたはずなのに、気づいたときには地図に「字《あざ》隠れ里」として地名が載ってしまっていた。

ちっとも隠れてない。むしろオープンだ。

ある日、国から国勢調査の用紙がやってきたときに「これではいけない」と「隠れ里」の長老以下みんなが大反省したのだという。

彼らはいっそ、もっと現代社会に溶け込んで、積極的に生きていこうと話し合った。その結果、道東の隠れ里から札幌市へと引っ越してきた先鋭部隊がフユとハルとナツだった。

とはいえ、現代社会に適応する形で進化を遂《と》げた吸血鬼たちは、生き血を飲まない。熱処理をしない生ものをそのまま飲むのは非文明的な生き物のしるしで野蛮《やばん》すぎると断じ、生き血を拒絶している。

そのかわりに生き血とほぼ同じ成分を持つ母乳ですくすくと成長し、長じて後は高温殺菌をほどこした牛乳を飲んで暮らす。

血液と母乳は色が違うだけで、成分的には同じなのだそうだ。音斗は彼らに説明されてはじめてその事実を知った。

なので、もしかしたら彼らは吸血鬼ではなく吸牛乳鬼という存在といってもいいのかもしれない。

が——彼らはがんとして「自分たちは文明的に進化した吸血鬼の末裔なのである」と言い張っている。

それだけじゃない。彼らは、実はいまだにひっそりと存在している「生き血を吸う吸血鬼」のことを「殺菌処理をほどこすことのない生の血を飲んでも胃腸を壊さない、雑菌に強い野蛮な一族」と言い切って、眉をひそめるのだ。「グラスを使わないで飲み物を直《じか》に飲むなんて、マナーとしても原始人以下じゃないか」などなど、彼らの「オールドタイプの吸血鬼」に対する非難の種類は多岐にわたる。

そしてその親族である音斗も同じく、現代に生きる進化した吸血鬼の末裔なのであった。

しばらく室内にシャカシャカという力強い音だけが鳴り響いていた。

「あ……あのね、明日ね、クラスの子がここに勉強しに来たいって言ってるんだけど……いいかな」

　音斗はできるだけさりげなく聞こえるようにして、そう言ってみた。

「クラスの子？　誰？　もしかして守田《もりた》さん？」

　ハルが音斗の言葉にがぶりと食いついた。

　座っている音斗に寄り添って「ねーねー、誰さ、誰が来るんだよ～」と無駄にハイテンションだ。ついさっきまで営業時間と日照時間とのかねあいについてフユにつられて憂慮《ゆうりょ》していたのに、ひらりと表情が変わってしまった。

「ハル、ぴょんぴょん跳ぶな。床が傷《いた》む。それにいい大人が自宅で跳びはねてるのは見苦しい」

「フユ、家計簿ばっかり見てこっち見てないくせに～。そんなこと言うなら僕のこと見てよっ」

「うるさい。見てなくても振動でわかる。つべこべ言うと十時のオヤツを抜くぞっ」

「またそうやって僕のこと子ども扱いしてっ」

「大人扱いしてるから『跳ぶな』と言っているんだ。子どもだったら『子どもらしくて元気がいいな』と誉《ほ》めてる」

「あ、そっか。そうかもって……いや、僕はだまされないよ。絶対にフユはいま咄《とっ》嗟《さ》に思いついたこと言ってごまかそうとしただけだよね。子どもでも大人でもない中途半端な僕を誉めてよっ」

「……面倒くさい」

ぼそっとつぶやいたフユにハルが目をつり上げる。

「だいたいフユだってたまに踊るだろっ。自販機の前を通りかかるたびに、機械の下をチェックして、小銭見つけると小躍りするじゃないかっ。こないだも踊ってたよね？」

——そんなことを!?

フユ対ハルの口喧嘩《くちげんか》の勃発《ぼっぱつ》である。

ふたりが真剣に口論したら間違いなくフユが勝つだろう。ただし、だいたいいつもフユがそこまで本気にならない。そうこうしているうちに、飽きっぽいハルの気が途中で逸《そ》れて、あやふやに終わる。

それでも、ひとりっこで、かつ、ずっと友だちもいなかったため喧嘩というものをし慣れない音斗は、ふたりがこうしたやり取りをするたびにハラハラしてしまうのだ。

「あの……ち、違うよっ。守田さんじゃなくてクラスの男子の岩井《いわい》くん。野球部で……でも、次の期末テストで成績悪かったら、親が部活やめさせるからなって怒ってるんだって。岩井くんは野球大好きだから、そりゃもう必死で……。だってまだ部活に入ったばかりだろ？　それなのにもう勉強優先だから部活なんてやめろって、ひどいっていうか……」

音斗はあわあわと、ふたりのあいだに入っていった。

ちなみにハルが名前を出した守田というのは「守田曜子《ようこ》さん」という音斗のクラスの委員長の女の子で——音斗の初恋の相手でもある。大人たちには内緒にしているつもりだったのに、なぜだかみんな、音斗が守田を意識していることを知っている。

音斗と守田は同じ町内に住んでいて、しかも守田の姉は『マジックアワー』の常連なのである。

音斗だけじゃなく、フユたちも守田と顔を合わせる機会が多い。フユたちは守田だけじゃなく、守田の両親とも顔なじみだ。フユは商店街の組合の会合や、町内会の集まりでよく挨拶するという。

「守田さんじゃなくて……岩井くんって言った？　いま」

ハルが目を瞬いて音斗に聞き返した。

「うん。守田さんじゃないからっ」

――守田さんのこと言われるのは、恥ずかしいよ～。

名前が出てくるだけで息が詰まりそうなくらい。

誰かを好きになってしまったことを、まわりに知られると、どうしてこんなに耳が熱くなるのか。人を好きになるのは悪いことじゃないのに、隠しておきたいというこの気持ちはなんなのか。

なにせ音斗にとっては「初恋」なので――守田に対しての気持ちだけじゃなく、そこにまつわる気持ちの形の全般を把握しかねている。

だけど、この感情が危険な爆発物だということだけは、音斗はいつのまにか理解していた。だって音斗は、守田への気持ちが起爆スイッチになって、人生で生まれてはじめて他の男子に手をあげようとしたのだ。

生まれたときから虚弱で、なにかあるたびにバタバタと倒れるせいで「ドミノ」という情けないあだ名をつけられている音斗が、だ。

絶対に倒れるから全校集会に参加しないでくれと、小学校のときの担任教師に真顔で止められた音斗が、だ。

守田を泣かせてはいけないからと、苛《いじ》められそうになった守田をかばおうとして立ち上がったのだ。

が――決意もむなしく、直後に貧血を起こしてバタリと倒れてしまったので、最終的には音斗のほうが守田に助けられたらしい。意識を失っていたためそのときの記憶が一切ない。心底、かっこう悪かった。唯一、救いがあったのは、守田を巻き添えにして倒れなかったことくらい。

――ドミノっていうあだ名はもう受け入れるしかないけど、せめて他の人を巻き添えにして倒れることだけは避けなくちゃ……。

倒れるときはひとりで倒れ、怪我《けが》をするなら自分だけ。

ドミノ倒しになんてなるものか！

小学校のときはひとりぼっちで過ごすことが多かったせいで、あまり考えたことがなかった。しかし、なんとなく周囲に人がいることが多くなった最近の音斗は、そんな「ドミノならではの決意」をひっそりと胸に刻《きざ》みつけている。

口に出すことはなかったが。

「岩井くん？」

フユもまた確認するようにして訊いてくる。

「うん。岩井くん」

「岩井くんか」

三人みんなで同時に言った。そして三人の視線が音斗に集中する。

——あれ。友だち連れてきたら駄目なのかな？

そうだよな。自分はこの家の居候なんだしと、うなだれる。

もともと音斗は吸血鬼の血筋なのにそれを知らないで生きていた。そのため自分が虚弱なのはなにかの病気のせいだと思い込んでいた。

が、音斗が倒れるのは——吸血鬼の末裔だったからということがこの春に発覚したのだ。

進化した吸血鬼として、倒れないで生きる心得。

その一。直射日光を浴びない。一部の吸血鬼を除いて、吸血鬼たちは全般、日差しに弱いです。場合によっては灰になります。

その二。栄養は殺菌処理をほどこした牛乳と乳製品で摂取しましょう。さらに、基本、吸血鬼はニンニクが苦手です。

その他――さまざまな「吸血鬼ならでは」の生き方と生活の指針がある。

それに従えば、音斗の身体は丈夫になるのだとフユたちに教わった。それで音斗は「吸血鬼として生きていくためのスキル」を身につけるために、両親から離れて、遠い血縁のフユたちと同居しているのだ。

「ごめんなさい。いまのはナシです。お母さんに連絡して、そのときだけ自分ちに帰って、岩井くんとは僕のうちで勉強することにするから……」

「なに言ってるんだ。連れてこい」

フユがビシリと即答した。ぐっと身を乗りだして、音斗を睨みつける。

「そうだよ～。岩井くんなだけに、遊びに来てくれたら、お祝いしてあげる～って。オヤジギャグっぽいよねこれ。ちょっと今日の僕は切れ味が鈍いみたい。フユのオヤジがうつっちゃったのかな。嫌だな」

ハルがきゃらきゃらと言う。

ナツは無言のまま泡立ての速度を増した。ここは工場かなにかですかと問いただしたいような激しい音をさせて泡立て器がうなる。

――な……なんなの、この反応？

たじたじとなる音斗を見て、フユが眉間のしわをゆっくりとのばし、ふわっと優しく微笑んだ。

「音斗くん、気づいてないのか？　学校の話をするたびに、音斗くんはその子の名前を口にするんだ。岩井くんがこう言った、岩井くんがこうしてくれたってな」

「そうそう。岩井くんが、体育の授業で見学している音斗くんのところにハイタッチしに駆けてきたんだって話のときは、すっごい嬉しそうだったよね。音斗くんの話にたくさん出てくるから、どんな子なのか気になって、僕、学校に覗《のぞ》き見《み》しに行こうとしたことあるんだよ～。ほら、僕って音斗くんと同じで、吸血鬼だけど、昼間、出歩けるタイプじゃない？」

音斗とハルは昼の外出も可なタイプの吸血鬼だ。

「え……でも、日傘さして、つばの大きな帽子かぶって、紫外線対策の真っ黒のサングラスにマスクもして、日焼け止めの肩くらいまである長い手袋しなきゃ歩けない……よね」

　思わず訊き返す音斗である。

　それが、現代に生きる吸血鬼の普通の外出スタイルなのだ。

　音斗はそのせいで学校と近所のみんなに有名になり「ドミノ・グラサン・マスク野郎」というベタに長い説明調のあだ名をつけられてしまっていた。

「……だから俺が止めた。そんな怪しい格好をした奴が学校に侵入してきたら、噂になるだろうからな。どうせハルのことだから、目立たないようにしようという配慮は一切しないだろうし」

　フユがげんなりした言い方で言う。

「ありがとう。フユさん」

　ハルの暴走を止めてくれたフユに音斗は感謝のまなざしを向ける。

「ええ〜。ひどいよね。僕、目立たないようにってちゃんと心がけて、黒子の衣装、通販で取り寄せてたのにさ」

　黒子って、よくわからないけれど、顔のまえに黒い布が垂れていて、全身も真っ黒な布で包んでいる、あれだろうか。

　フリルのついた日傘をさした黒子が、音斗たちの授業を覗きにきたら、噂になるどころじゃないだろう。場合によっては不審者として通報されるかもしれない。

「あの……あのね、ハルさん……。明日、岩井くんが来たときには変なことしないでね」

　おそるおそる音斗がそう言うと、ハルは「もちろん！」と明るく応じたのだった。


　翌朝である。

　音斗が起きたときには、日差し一切がNGなフユとナツは、二階の真っ暗にした寝室で、それぞれに特殊改造した千両箱と、大型民芸箪笥《だんす》に閉じこもって眠りについていた。千両箱はフユので、箪笥はナツのだ。彼らにとってはそれが吸血鬼たちが眠る「棺桶《かんおけ》」になっている。

　吸血鬼休養アイテムとしては、日が差さないことと、横たわって眠れるだけの大きさが必要なだけなので、棺桶にこだわることはなく「箱であれば、好きな形のもので眠ればいい」ということだ。

音斗もフユたちに倣《なら》って、すっぽりと入り込める大きな木箱のなかに布団と枕を詰めて眠りについている。閉所恐怖症の人は吸血鬼としては生きていけないだろうななんて、最近、そんなことを考える。箱のなかで寝るなんてと最初は驚いたが、入って寝てみたらむしろ狭いところも平気で居心地がよかった。

階段を下りて、店のキッチンとドアひとつでつながっているリビングのドアを開ける。

そこでは、まだ起きているハルと、さらに牛が三頭ぺたりと床に寝そべって、もぐもぐと口を動かして微睡《まどろ》んでいた。

ホルスタイン種の乳牛の雌牛一頭に、雄牛が二頭。

さして広くないスペースの家具と家具のあいだの隙間がみっしりと牛で埋まっている。

──毎日見てても、やっぱりシュールだ。

「ハルさん、おはよう。太郎坊《たろうぼう》、次郎坊《じろうぼう》、それからお母さんも、おはよう」

音斗が言うと、雄牛二頭が立ち上がる。雄牛たちはそれぞれに頭をぶんぶん振って、鼻息荒くして前足で床を引っかいて――「ぶふぅ」と熱い吐息を漏《も》らしてから、両方の前足を空に掲げた。牛たちの背中にピッと縦長の切れ目が入る。

その切れ目から手が出てきた。まるで着ぐるみを脱ぐかのように「牛の身体」を脱ぎ捨てて、牛のなかから男がふたり飛び出てきた。脱いだ「牛」をくるくるとまとめた男たちは、ふたりともに屈強な巨体で素朴な顔立ちをしている。

「おはようございます、音斗さま〜。いひひ」

「オイラたちにすると、どちらかというと、こんばんはって時間帯な気がしますけど。やっぱりオイラたちもご主人様たち同様昼夜逆転してますからね〜。ぶひひ」

このふたりの名前は太郎坊と次郎坊。

昔の吸血鬼はコウモリや猫を遣《つか》い魔《ま》にしていたが、いまの吸血鬼の遣い魔は牛なのだ。

道東で酪農業を営んでいる流れでそうなったのだろうか。フユたち一族の遣い魔である太郎坊と次郎坊はしょっちゅう人間型になって、働いている。

だが――雌牛の「お母さん」だけはまだ一度として「人間型」になったところを見たことがない。

ずっと牛だ。

長い睫《まつげ》に縁取られた穏和な目でのっそりと周囲を見渡し、たまに涎《よだれ》を垂らし、基本は静かになにかを反芻《はんすう》しつづけている牛のまま。

お母さんはゆらりと立ち上がり、音斗に近づくと、音斗の手に冷たい黒い鼻先をぎゅうっと押しつけた。ふんふんと匂いを嗅《か》いでから、のっそりと歩く。

と——たしかにしっかりと閉じていたはずのドアが、牛の「お母さん」の手前でパンッと開く。見えない力で開いたドアを、牛はゆっくりとくぐり抜けて出ていった。

「お母さん、お母さん、オイラたちを置いてかないでくれよう〜。オイラ、留守番は嫌いなんだよう〜」

「次郎坊、オイラたちは物じゃないから置いていかれることはないとフユさまが言っていたではないか。そんなに泣くなら留守番はしなくていいから、どこにでも追いかけていけとフユさまに言われていたぞ。我ら、この立派な足を使って、お母さんを追いかけようぞ」

「そうか。せっかくの足を使わなくては。手も足も頭も使わなくてはな。オイラは頭突きが得意だ！」

「次郎坊、頭の中身も使うといいぞとフユさまがこないだおっしゃっていたぞ。頭の外側ばかり強くするとフユさまに呆《あき》れられる。あ……音斗さま、それじゃあオイラたちは出かけなくちゃならないみたいなので、行ってきます」

へこへこと太郎坊が頭を下げ、つられたように次郎坊も下げて――。

ふたりと一頭なのか、それとも三人なのか、あるいは三頭なのか不明な遣い魔たちが部屋を出ると、誰の手も触れていないのに静かにドアが閉まった。

当たり前に暮らしている家のなか――毎日、そこを出入りするドアの向こうが、いまこの瞬間だけは異界へとつながってしまったかのようで、音斗はごくりと唾《つば》を飲み込む。

追いかけて、ドアを開けて、確認したい。

ドアの向こうでなにが起きているのか。別な世界につながっているのか、どうなのか。

そういう思いにかられはしたが、音斗はもたげた好奇心を心の底にぐいっと沈める。

そして、さっきからこのやり取りに動じることなく、ずっと同じ姿勢でモバイルを触りつづけているハルへと視線を向けた。

大きなダイニングテーブルの上に、フユが準備してくれた朝ご飯があった。

「んん。音斗くん、おはよう～。フユが早くに作り過ぎたから、フレンチトースト冷めちゃったね」

キーボードをカチカチ叩《たた》く手を止めて、うーんとのびをしながら、ハルが言う。

ハルはしょっちゅうPCをいじっているのだ。ハルいわく「原則、部屋に引きこもって牛乳飲んでればいいなんて吸血鬼最高っ。いまどきの吸血鬼に生まれてよかった、ひゃっはー!!」だそうだ。

たっぷりと牛乳と卵を染み込ませて、ちょっと甘めに焼いたフレンチトースト。いい感じにキツネ色の焼き目がついている。音斗たちの食事は乳製品に特化したメニューになっている。

音斗は冷蔵庫のドアを開けて牛乳を取りだしグラスに注ぐ。

パタリとドアを閉じると——昨日まではそこになかった名刺が、マグネットで冷蔵庫に貼られていた。

「——神崎慶太《かんざきけいた》さん……8ミリ映像監督……ひよし警備保障……？　あとこれってブログのアドレスかな？」

名前と映像監督の肩書に、ブログアドレスらしき英数文字は印刷で『ひよし警備保障株式会社』は手書きだ。普通の名刺なら会社名がどんと出ているような気がするが、この名刺においてはクローズアップされるべきは社名ではないらしい。

名刺の名前を読み上げた音斗に、ハルが返す。

「明け方間近にパフェ食べに来たお客さん。スイーツ男子なのかな〜。二十代の男性ひとりで、チョコレートパフェと季節限定のストロベリーパフェを一気食いして、それでうちの店が気に入ったからってフユに熱心に『この店で自分の制作する8ミリ映画を流してくれ』って。そのアドレスは彼のプライベートブログらしいよ。撮影中の映像記録とか報告とか公開のときの宣伝するんだってさ〜」

「映画？　映画ってよくわかんないんだけど、映写機とか道具が必要なんじゃないの？　うちのお店で流せるものなの？」

「そういう機材はすべて向こうが貸してくれてディスプレイも設定もやりますって〜。うちの商店街、もうちょっと向こうにいくとミニシアターあるだろ？　フユはそっちに頼めばって言ったのに『マジックアワーっていう店名も自分の感性にぐっとくる。絶対に映像関係の仕事やってたでしょう？』って、ずーっとフユのこと口説いててさ～」

店名になっている『マジックアワー』は、日没後の、自然光がぐっと引《ひ》き絞《しぼ》られて、消えてなくなるまでの黄昏《たそがれ》の二十分間を指す。ブルーモーメントとも言われるその魔法の二十分間は、昼とも夜ともいえない不思議な蒼い光が世界を映しだすのだ。映像関係者がよく使う言葉らしい。

「じゃあ貸すの？　どんな映画なのかな……。警備保障会社で作ってるの？」

「その社名は、その人の勤務先だって。映画はプライベートで作ってるから名刺は別だけど、身元を保証するものがないと信頼してもらえないでしょうからって、社名は手書きでその場で書いていった。もし不安なようだったら会社に問い合わせてくださいだって」

「問い合わせるの？」

「フユは面倒臭いから嫌だって言ってたよ～。だから問い合わせるとしたら僕の役目かなっ」

「ふーん」

音斗は、ハルの向かいに座り、

「いただきます」

両手を合わせてそう言ってから、ナイフで切り分けたフレンチトーストを一口、食べる。口のなかいっぱいにバターの香り。舌先でトーストに染み込んだ牛乳と卵がふわっと蕩ける。甘さとしょっぱさが絶妙に混じりあっている。

「美味しい〜。冷めてても美味しいよ。フユさんの作る料理って本当にどれも美味しいよね」

一口食べたら一気に空腹感が増した。美味しいものでお腹を満たす幸福感に包まれ、うっとりする。音斗はそのままもりもりとフレンチトーストを食べ、牛乳を飲んだ。

「だよね。フユは料理上手だと僕も思うよ〜。つーか札幌に来て一緒のうちに暮らしてわかったけどさ、ああ見えて、フユって根っからのオカン体質だよね〜。はじめはドケチなんだって思ったけど、どっちかっていうと、小銭にうるさいのはオカンならではの特徴なのかも」

下手に返事をすると、次々とめまぐるしくあれこれ言われて、頭がついていけなくなるから、音斗は無言でフレンチトーストを食べることに専念する。

というより、嚙《か》みしめるたびに口のなかが幸福になる味なので、食べながら言葉を出すのが惜しいくらいなのだ。

「それにしてもさ、フユとナツは牛乳しか飲めなくて、ご飯食べられないのが残念だよな〜。特にフユは自分じゃ食べられないのに料理上手だし。僕と音斗くんはパフェもアイスもフレンチトーストも——ニンニク以外の食べ物なら食べられる体質でよかったよね」

「……うん」

「同じ吸血鬼の末裔なのに、昼に出かけられるタイプと、出たら焦《こ》げちゃうタイプがいたり、牛乳でしか栄養摂取できないなりに、ご飯いろいろ食べられるタイプもいれば、フユたちみたいに牛乳以外の食べ物すべて消化できなくて病気になっちゃうタイプもいるって……僕たち自身についてもっといろいろと研究してみたいところだよな〜。むーん」

ハルがふとモバイルのディスプレイへと視線を向けた。思案げに眉根を寄せる。

「僕たちの食べてる料理ってさ、乳製品てんこ盛りでしょ？　どのメニューもカロリーは高い。でも僕、太ってる吸血鬼にまだ会ったことないんだよね。ってことはさ、僕たちって燃焼効率の悪い身体を持ってるってことだよね。たぶん戦時だったり、全体に貧しい社会だったら、こんな身体をしている僕たちは真っ先に淘汰《とうた》されるよね」

ちょっとよくわからないなと顔を上げる。ハルがちらっと音斗の顔を見てから、話し続ける。

「えーと、つまり、いまみたいな飽食の時代でも太らないってことはさ、食べないと痩《や》せちゃうってことでしょ？　食べ物が少ない時代だったらひょろっひょろだったろうな。思ったんだけどさ、そもそも食べ物がなくてどうしようもないから、生き血を飲みだしたのが吸血鬼の成り立ちの最初だったら嫌だよなあ」

「う、うん」

言われてみればフィクションの世界においても、肥満の吸血鬼を見た記憶がない。それは肥満の吸血鬼はかっこう悪いからという理由だけのような気もしつつ。

「それでもオールドタイプの生き血しか飲まない吸血鬼のままで生きるより、進化すべきだったと思うけどね～。道具と火を手に入れて、調理したもの食べる生き方最高～」

話がびゅんびゅん飛び回り、変化していくのはハルの話し方の特徴だ。

ハルたちのような牛乳を飲んで暮らす牧歌的な吸血鬼だけではなく、この世にはちゃんと生き血を啜《すす》る吸血鬼もまだ存在しているのだ。つい先日もそういう吸血鬼と会った。ハルたちはそんな吸血鬼を「オールドタイプ」と呼び、時代遅れで野蛮で恥ずかしい奴らだと「身内の恥」のような言い方をする。

「……ううう、うん」

「てゆーかさ、僕が『吸血鬼ダイエット』って本書いたらブームになると思わない？　本を買ってくれた人にはもれなく吸血鬼としての絶対に太らない身体をプレゼント～って。いや、プレゼントできないんだけど。僕、進化した吸血鬼だから、生き血を吸うことで同じ種族を増やすみたいな、そういう病原菌とか虫っぽい感じに伝染する増加の仕方、思想的に無理だしっ」

「うん」

――吸血鬼ダイエットを提唱する吸血鬼。

それはさすがに無条件にはうなずけなくて、目を丸くしてハルを見た。

ハルの綺麗な目がパシパシと瞬く。

「ところでー、音斗くんさっきから声、変だよね。かすれてる？　なんで声の出し惜しみしてるの？」

「そ……そういうんじゃなくて……」

無言でうなずいていたり、見つめ返したりしていたのが少し感じが悪かっただろうかと、慌《あわ》てて出した声は、たしかに変な風にかすれていた。

おまけに「けほっ」と小さな咳《せき》が出た。

——あれ？

「んー、音斗くん熱あんじゃない？　風邪？」

「え……違うと思う」

ハルが椅子を後ろに引いて立ち上がり、音斗の側《そば》へと歩いてくる。音斗の額に白い手をあてる。ハルの指先がひやっと冷たい。

「あー、やっぱり音斗くんのおでこ熱い〜。風邪じゃなきゃ、疲れかもっ。昨日、遅くまで数学の勉強してたもんね。店の仕事のあいまにナツが休憩でこっち来たらさ、音斗くんまだがんばってたって言ってたし。寝たの何時だったの～？」

「一時くらい……かな……」

深夜、十二時を過ぎたくらいから目が爛々《らんらん》として、頭のなかが活性化した気がしたのだ。それでついつい数学の問題集やプリントだけではなく、英単語の暗記にまで手をのばした。

「じゃああんまり寝てないね。たくさん寝ないと倒れるのが吸血鬼なのに、どうして睡眠削《けず》ったの？　僕たち、映画とか漫画でも、とにかく棺桶のなかで寝てるシーンが絶対にクローズアップされるくらい、怠《なま》け者《もの》なのにっ。がんばるってことが種族的に向いてないんだよ？」

「え……そうなの？」

がんばるのが向いていない種族。あんまりだ。

「そうだよ～。音斗くん、今日は学校休んでうちで寝てたほうがいいんじゃないかな。僕ならそうする。そいでもってうちんなかでゴロゴロしてネトゲで戦艦育てる」

一瞬だけ考えた。

無理して通学したらまた倒れてしまうのかなと。

でも今日は放課後に岩井が音斗の家に来る約束をしている。音斗が学校を休んだら、岩井は遠慮してうちに来てくれないかもしれない。

「ううん。僕やっぱり学校に行きたい」

音斗はおずおずとハルにそう言った。ハルは「そっか〜」と明るく笑ってから、ひとさし指を立てて音斗に向かって左右に振って真顔になる。

「じゃあさ、どうしても具合が悪くなったら、体育準備室の跳び箱を高く積んで、そのなかに入って休むといいよ。むかーし僕が学校に行ってたとき、僕はよくそうしてた。跳び箱のなかに引きこもるの、オススメ！」

「う……ん。わかった。ありがとう」

ハルの学生時代に思いを馳《は》せつつ音斗は答える。ハルは同じ学校のみんなにさぞや奇行を噂されていたのだろう。

そして、音斗は、そんなハルを見倣っていかなくてはならない今後の自分についてて少しだけ気持ちが暗くなったのだった。

完全防備のいつもの出で立ちで登校する音斗である。つばの広い帽子にサングラスにマスクにUVカットの手袋に日傘。

──そうしないと倒れちゃうんだもん。仕方ないよ。

たまにぎょっとして注目する人はいるが、学校近辺の通学路に入り、音斗と同じ制服を着ている人たちが増えるにつれて、周囲の視線は「あたたかい無視」へと温度を変えていく。どんなに奇抜なスタイルであっても、続けていると、みんなが見慣れる。生徒たちは音斗の通学スタイルに慣れたのだ。

そうなると音斗の奇妙さも、当たり前の風景としての地位を確保できてしまった。

ただし音斗自身は、自分のスタイルにいまだ慣れない。

どうしようもないので、開き直るようにはしているものの──。

今日は学校内に入ってからも、サングラスと帽子は取ったが、日傘とマスクは維持していた。身体が弱っているときにはできれば日差しをカットする箱に閉じこもって寝るのがいい。知っている。でも学校ではそれが無理なのでせめて日光を遮断する。

「ドミノ、おはよ。なんでお前、教室でも日傘さしてんの？　今日の紫外線ってそんなに強いんだ？」

音斗が教室の自分の席に座ると、ちょうど廊下から入ってきた岩井が音斗を見つけて近づいてくる。

音斗の重装備を学校には「紫外線アレルギーなので」と説明している。クラスメイトたちもそれで納得している。

「うん。強敵」

下手にごまかすより、流れにのって真顔で答えてしまったほうが物事の進みはスムーズだと、フユやハルのやり取りを見て学習した音斗だった。それに音斗にとって紫外線は強敵だから、嘘じゃない。

――ここのところ調子よかったから、通学だけでこんなにぐらぐらしなかったんだけどなあ。

答えた途端、ゆら～っと音斗の身体が傾《かし》いだ。

椅子に座ったままぐらりと揺れる。立っていないから、バランスを崩しても倒れることはない。そこは大丈夫。

「強いんだ!?　そっか」

五分刈りのボウズ頭の岩井が白い歯を見せてニカッと笑う。岩井も音斗も、たいていのものに関して「強いか弱いか」でランクを決めてしまいがち。そこは男子だから仕方ない。

岩井の横に、ひょろっと縦長で、眼鏡《めがね》をかけた知らない男子生徒が音斗を窺《うかが》うようにして立っている。音斗はちらっと、失礼にならない程度に視線をそちらに向けた。

「そうそう、ドミノんとこで今日の帰りに勉強教えてもらうって言ったらさ、こいつも一緒に行きたいんだって。俺の友だち」

「どうも」

岩井に背中を押しだされ、男子生徒はぺこりと頭を下げた。

知らない人だ。こんな男子生徒、クラスにいただろうかと音斗は脳内の記憶引き出しの中身を掘り起こすが、彼の名前は出てこない。まだ夏服前なのに、上着を脱いでシャツ姿だ。だから胸元の名札を頼ることもできない。

「あ……オレのこと知らなくても普通っすから。オレ、五組でクラス違いますし、ドミノさんほど有名じゃないんで」

男子生徒はひょいっと片手を上げてそう言った。

——まさかの「さん」づけ？

しかも音斗のキャラが不本意な方向に立ってしまっている？

音斗は動揺し、手に持ったままの日傘をくるくると回した。席に座ったままフリルつきの日傘を掲げて回転させている自分の姿を冷静に思い浮かべ、ゆるやかに絶望する。そもそもはこんな形で自分をキャラ立てしたかったわけじゃないのに。有名なのか。そうか。

「そうそう。タカシはさ、俺と同じ小学校から来た友だちでさ。ドミノと話してみたいってずーっと言ってたんだ。ドミノおもしろそうだしって」

「タカシ……くん？」

「そうっす。タカシです」

——時速何キロで歩くんだろう。

何故《なぜ》か咄嗟に音斗の頭に浮かんだのは、それだった。

口ごもった音斗を見て、タカシが不審そうに顔を傾げる。

「なんすか？」

「いや、なんでもないですっ」

バタバタと首を左右に振ると、手にしている日傘も左右に揺れた。

「……痛っ。ドミノ、日傘振り回すのやめろよ」

「あれっすか。武器として持ち歩いてんすか、日傘」

岩井とタカシが「うひゃっ」と言って日傘を避《よ》ける。

「まさか。違うって。ご、ごめんなさいっ」

熱っぽくてぼんやりしている頭がいけないのだと思う。音斗だって、ちゃんとした状態ならば、こんなふうにテンパったりしない——はずだと思いたい。

「別にいいっすけど。それより、オレの名前聞いたとき、すっごいなんか言いたげだったんすけど？」

「え……」

「なんかあるんだったら、言ってください。気になるっす」

タカシがずんっと近づいて真顔で音斗に尋ねる。とにかくタカシは中学一年にしては長身だ。キリンが長い首をひょいっと下に曲げるみたいに、身体を屈めて、日傘の奥に隠れた音斗の顔を覗き込んだ。

どうしてタカシは音斗に対して丁寧語なのだ？　いや、それよりも……。

「時速……」

「ん？　なんすか？」

薄ぼんやりとした頭のなか、その台詞《せりふ》だけがポストイットで貼りつけられたみたいになって浮き上がっていた。他のものを押しのけて、クローズアップされる疑問文が音斗の口からぽろりと零《こぼ》れた。

「タカシくんは……時速何キロで歩くんですか？」

一拍、間があいた。

わあ、馬鹿なことを聞いたと、我に返るには充分な時間だった。

「計ったことないっすけど、普通……かな」

タカシはポカンとしたあとで、真顔に戻ってそう応じる。妙な空気が漂いそうなところだったが、

「ドミノ、俺はマッハ！　マッハで走るから！　時速がマッハ」

岩井が聞いてもいないのに自主的に答え、白けた空気が一掃された。

――岩井くん、ありがとう！

心の底から岩井に感謝する音斗である。

「マッハは空気中での音速のことなんだぞ。岩井っちがマッハなら、オレはそれを超える。光の速さに訂正だ。オレの時速は光速っす」

タカシが岩井に対抗して言う。

「なんだよ。ずりー。じゃあ俺はワープ。時を止めて瞬間移動」

「岩井くん、それ、完全に時速じゃないよね」

――うわ、また口が勝手に!?

突っ込みが大切だとハルに言われ続けた成果が、身体に染みついてしまったのか、自動的に岩井に対しての突っ込みが口をついて出る。いつもなら制止してくれるはずの理性が、発熱でやられて、機能していない。思ったことが口からだだ漏《も》れだ。

「……っだよ、ドミノ」

岩井が音斗へと顔を向け、腕を振り上げる。五本の指がパッと大きく広がって、掲げられる。どうしてかストップモーションみたいに、岩井の手が、一秒ごとに近づいてくるような錯覚を覚えた。

叩かれる、と思って、身がすくんだ。

小学校のときと同じで、自分はやっぱり「いじめられっ子」なんだ。ドミノな自分に友だちなんてできるわけないじゃないか。

音斗はずっと虚弱なせいでハブられてきた。

小学校のときはまわりに放置されていた。

中学になったら放置だけじゃなく、ちょっとしたことでこづかれて、笑われるかもしれない。

そんな予感。

悲しいことに、音斗の心はいつでも「負ける覚悟」ができていた。仲間はずれになることこそが当たり前になっている。

けれど——岩井は掲げた手を音斗の肩にふわっと下ろした。

「細かいこと言うなよ。もとはドミノが時速何キロとか変なこと言うからだろ。ったく。マジでドミノっておっかしいのな～」

音斗の肩をトンとついて「ぎゃはははは」と弾《はじ》けたように笑い声をあげる。

タカシも隣で「本当っすよ。時速ってなんすか。ドミノさん」と笑っている。

「え……と……」

始業開始十分前を告げるチャイムが鳴った。

「あ、やべー。教室に戻んないと。三組から五組って遠いんすよね。オレ、光速で駆けるから大丈夫っすけど。じゃ、放課後に！」

ひらっと片手を振ってタカシが教室を出ていった。

「おう！　放課後な！」

岩井も笑顔のままそう答え、自分の席へと歩いていった。

音斗は信じられないものを見るような心地で、岩井の背中を視線で追った。

岩井に手を置かれた肩のあたりに片手で触れ、教室を見渡す。

手に持っていた日傘が揺れる。斜め前にいた守田と、音斗の視線がたまたま合った。

守田が、かけている眼鏡を軽く持ち上げてから、くすりと笑ってくれた。眼鏡の奥のくるんと丸い大きな目が、少しだけ細くなる。騒いでいた岩井や音斗に対して「男子ときたら本当に」というような微笑みだ。女子っぽい。そして委員長っぽい。

――守田さん、今日も可愛《かわい》いな。

次の瞬間には守田は前を向いて自分の席に座ってしまったけれど。肩のあたりで切り揃えられた黒髪。今日の守田はサクランボの飾りのついたピンで髪をとめている。

ときどき「上から目線」な仕草や言動があったとしても、守田の身体は、大きめな制服のなかでぶかぶかと浮いている。それは音斗もそうで、先輩たちとは違い、お互いにいかにも中学に入学したてですといった風情なのが妙に嬉しい。お揃いだ。

――僕、ここにいてもいいんだな。

入学してからずっと通ってきた学校の教室で、いまさらそんなことを思うのは変だろうか。でも音斗はその日はじめて自分はこのクラスにいてもいいんだと確信が持てたような気がしたのだった。

2

「待たせてごめん。部活終わったぞっ」

岩井《いわい》の声がして——密封されていた音斗《おと》の頭上に、パカリと空間が開く。

放課後、音斗は跳び箱のなかで膝を抱えてぐーぐーと眠りについていた。岩井に部活が終わるまで学校で待っててと言われ、思いついたのは、ここだったのだ。

岩井とタカシが　一番上の跳び箱を持ち上げて、音斗を覗《のぞ》き込《こ》んでいる。

「ドミノさんに、休みたいから体育準備室に行こうって言われたときはどういうことかと思ったっすよ。高く積み上げた跳び箱のなかにドミノさんが入ってって『自分じゃ無理だから、このてっぺんの跳び箱を積んで蓋《ふた》をして、僕のこと閉じ込めてくれないか』って真顔で言われて……」

「仕方ねーよ。ドミノはドミノだから。こいつはこういう奴なんだよ」

岩井があっけらかんと断言する。

「噂には聞いてたけどマジでそーなんすね」

眉根を寄せながらタカシが音斗が閉じこもっていた跳び箱の台を順々に上から外していく。

視界が明るくなって、音斗はパチパチと瞬《まばた》いた。

音斗の肌に食い込むように鋭かった日差しの先端が、使われた鉛筆の芯みたいに丸くなっているのを感じる。日差しの突き刺さり方で日暮れの近さが体感できる。

もう夕方なのだ。

音斗は立ち上がり、閉じこもっていた跳び箱のなかから、外へと抜け出た。

「岩井くん、タカシくん、ありがとう。助かったよ」

「これ、見ようによってはオレたちがドミノさんのことイジメてるっぽいんすけど。いいんすか?」

「うんっ」

音斗がぶんっと首を縦に振る。タカシは「解《げ》せぬ」というように、右に捻《ひね》っていた首を、今度は左に捻った。

「タカシはちっちゃいこと気にしすぎんだよ。ドミノはほら、紫外線アレルギーだから。ドミノ、また跳び箱のなかに入りたくなったら俺たちに言えよ。いつでも閉じ込めてやっからさ」

岩井は明るく音斗の背中を叩《たた》いた。まだ本調子ではない音斗は、その勢いでふらっとよろける。

「うっ……あ、ありがとう。また頼むね」

「あ、わり。痛かったか？」

「ううん。大丈夫」

タカシはまだ「なんだか納得いかないっす」と首を捻っている。音斗も、自分がタカシの立場だったらきっと同じように困惑したに違いないと思う。

――境遇とか立場とかがちょっとずれると、やってることは同じでも、違う意味になるんだな。

難しいなと、思わないでもない。ひとつの事象が、異なる視点から見たら、まったく違う意味に感じられる不思議。世間で騒がれている事件においても、当事者と傍観者では、違うものを感じているのではないだろうか。

世界はとても複雑で、中学生の音斗たちにとってはあまりにも広大で、奥深い。

けれどそんなことも、音斗が、ひとりぼっちだったら思いつかないことだった。岩井やタカシ、それからフユたちに、守田《もりた》――たくさんの周囲の人たちと話したり、行動したりして漠然と体感していることだった。

「そういえばタカシくんは部活してるの？　いままでの時間なにをしていたの？　ごめんね。僕、跳び箱のなかで寝ちゃってて、お話もできなくて……」

岩井は野球部で、音斗は閉じこもって寝ていて――ではタカシはどうやって時間をつぶしていたのだろう。

「部活じゃなくてオレは新聞局っす。新聞局の部屋があるからそこでいままでの学校新聞のファイル見て過ごしてたっす」

文化系と体育会系の部活動とは別に「新聞局」と「放送局」と「生徒会」というのがあるのだ。

「そっかー。新聞局かー。あれって入るのに試験あるって聞いたよ」

「放送局は人気だから試験で希望者を落としまくったって聞いたっすけど、新聞局は地味なんで希望者みんな入りましたよ。生徒会みたいな選挙制じゃないし、ぬるいもんすよ」

タカシが飄々《ひょうひょう》と答える。

「ふうん。……あ、タカシくんて『白鳥《しらとり》くん』なんだね」

タカシは朝は脱いでいた上着を、帰る間際だからかいまは着用していた。やっと名札を確認し、音斗はそう口にする。

すると——タカシは顔を暗くした。

「あの……オレ、名字苦手なんで」

「え？」

「白鳥じゃなくタカシでよろしくっす」

眼鏡《めがね》を指で押し上げて、そっぽを向いてそう言う。どうしてと理由を聞くのがはばかられる拒絶の表情に、音斗は口をつぐむ。

「あ、はい」

「なー、はやく行こうぜ。ドミノんち。ワープで」

割って入るように岩井が言いだし、タカシと音斗が同時に「ワープは無理」と突っ込んだのだった。

三人で、その日の授業のことや、テレビや漫画の話をして帰り道を歩いた。

「タカシくん、新聞局って取材したりするの？」

「先輩たちはしてるっす。オレはまだ入りたてだから、させてもらってないっす。あ、そういえば最近、帽子とマスクで顔隠した変質者が学校のまわりをうろついているから用心してくださいっていうネタがあるっすよ。来月の新聞に掲載っす」

「いま変質者が出てるのに来月に掲載って遅くねー？」

「だって新聞局、月に一回しか新聞出さないんで……。それにうちの新聞局発行のものには『表新聞』と『裏新聞』があって、変質者の話題はきっと『裏新聞』になると思うんすよ」

タカシが申し訳なさそうな顔になる。

「そっか。月に一回だったら仕方ねーな。つーか、なにその表と裏って？」

「表のは、職員室に出して先生の許可をもらって印刷して全校生徒に配布される学校新聞っす。裏のほうは先輩たちの趣味に走った、スクープ記事満載の新聞っす。そっちも月に一回発行っすね。新聞局の部屋にコピーして置いてあるのを、『裏新聞』の存在を知ってる生徒たちがこっそり取りにきて、こっそり回してるっす」

「へえ～」

そんなものがあるなんて音斗は知らなかった。岩井も知らなかったようで「おもしろそうだな」と、うなずいている。

「そうなんすよ。うちの新聞局のメインの仕事って一般的に、三年生になってからのその年の卒業アルバム委員会が最大の山場みたいに思われてるでしょ？　でも実は『裏新聞』作りのほうが熱いっす」

「じゃあ今度読みたいから、できたら見せてくれよ」

「いいっすよ」

「で、変質者って、どんなん？　痴漢ってことか？」

「そういうんじゃなくて、後をつけて話しかけてくるらしいっす。男子の後ろをつけまわして、無言でいきなり背中から引っ張ってって、顔を確認して『やっぱり違った』って言って立ち去るんだそうっすよ」

「男子？　女子じゃなく？」

「そうなんすよ。声かけられてるのが男ばっかだからみんなたいして騒いでないすよね。でも男子生徒のあいだでは噂になってるっす。自分たちでその変質者を捕まえてやるって意気込んでる奴、多いっすよ。なかには『変質者の正体見破った』って、新聞局の先輩に情報流しに来てた奴もいるっす」

「へえ～。じゃあすぐに見つかるんだな？」

「どうっすかね。ガセネタかもしれないからって先輩たちは、取材してから新聞に書くって言ってたっす。……その取材に、オレ、連れてってもらえないんすけどね。まだオレには早いって……。通報者が話しに来たときも、オレ、そこにいなくて、結局、オレだけは変質者の正体聞きそびれてるんすよね。オレ、運が悪いんすよね」

タカシがしゅんとうなだれる。

「――ていうかさ、だったら俺たちでその変質者を捕まえちゃおうぜ。それで号外を出す！」

「新聞局の先輩に怒られるっすよ」

「そっかー。部活の上下関係ってたまに面倒だもんな。でもおもしろそうだし、変質者捜しもしようぜ」

あっけらかんと言う岩井に、音斗とタカシが顔を見合わせる。

――でもそれ、ちょっと楽しいかも。

「僕もやってみたいな。みんなで捜すのはドキドキする気がする。ところで変質者の人はいったいなにが『違った』のかな」

音斗は、変な話だなあと考え込みながら、言った。

「顔見てから『違った』って言うらしいから、顔が違うんじゃないっすかね。人捜しみたいっすよね」

「うーん。ただの人捜しじゃなくてオカルトとかホラーみたいなのだとおもしろいのにな〜。『やっぱり違った。そもそもお前の本当の顔は違うはずだ。本当のを見せてみろ〜』って、顔を引き剝《は》がして……とかさ」

メリメリメリと、岩井が自分の顔に手を当てて「引き剝がす」シーンを熱演してから、

「うわあああああ、痛い痛い〜。想像したらすげー痛いー」

とその場で地団駄を踏んで叫ぶ。

「岩井っち、怖い話好きっすよね。無理やりそっちに持っていきすぎ」

「おうっ。夏は怪談だぜっ。もうじき夏だしっ」

岩井はひとしきり騒いでからカラリと平気な顔に戻って笑い「早く夏休みにならないかな～」と暢気《のんき》に言った。

「怪談っていったら、岩井っち、K中学のプールに人魚が出るっていう話、知ってるっすか？　先週プール開きしてプールに水を入れたら、人魚が来たっていうやっ」

「知らない～」

K中学といったら隣の学区にある私立の中学校だ。

ちなみに音斗たちの通う中学校にはプールがない。歴史のある学校なのだが、つまりその分、校舎も古くて屋内プールはついていないのだ。そのため学校でのプールの授業は、一学期の終わりに一回だけ、区民プールを借り切って「水泳大会」という形で行うそうだ。

「なにそれ。僕も知らないよ。人魚？」

「いや、きっと夜に忍び込んで泳いでる誰かを見間違えただけだと思うんすけどねー。人魚なんているわけないっすから。しかも中学校のプールになんて！」

「だよな〜」

岩井とタカシは顔を見合わせて笑っているが——音斗はなんとなく一緒に笑い飛ばせない。

——だって吸血鬼なんて空想上の生き物だと思ってたのに、自分の遠い親戚が『吸血鬼の末裔《まつえい》』だったし。

音斗自身も、血ではなく牛乳を主食として生きている現代の吸血鬼なのだ。

そう思うと——人魚が学校のプールでひと目を忍んで深夜に泳いでいてもおかしくない気もするのだ。

そうやって話しながら歩いていたら、あっというまに『マジックアワー』に辿りついた。まるで、ワープしたみたいだった。

知らなかった。時間はのびたり、縮んだりするらしい。楽しい時間だと過ぎていくのが早い。同じ道を歩いていても、ひとりで歩いているときと比べ、通学時間がぎゅっと短縮されている気がする。

「岩井くん、タカシくん、あがってください」

「お邪魔しまーす」

音斗の後ろを岩井とタカシがついてくる。

「お店の入り口じゃなく、裏にも別に玄関があんだ。ドミノ、いいなー。パフェ屋に住んでるっておやつはいつもパフェとかアイスとかなのか？」

「わりと、そう」

うなずくと岩井とタカシが「すげー」と目をキラキラさせて盛り上がる。

廊下から、居間へと通じるドアを開けるとき、音斗は心臓がドキドキした。岩井が来ると伝えたから、牛の「お母さん」をはじめ、遣《つか》い魔《ま》たちはいないはずだが――ときどきフユたちは音斗が思ってもいなかったことをしでかすから、油断はできない。

ドアノブを回して、そーっとドアを開ける。ちょっとだけ首をのばして、隙間から部屋の様子を覗き見て。

――うん。いない。

大丈夫だと、音斗は室内へと足を踏み入れる。

フユたちみんなは日中は真っ暗にした二階の部屋で眠りについている。

「ドミノ、うちの人は？」

「まだ上の部屋で寝てる。いっつも日が暮れたら、僕が起こしにいくんだ」

「そっか。そういや、ドミノんちって深夜営業だってクラスの女子が言ってたな。夜ずーっと働いてるなら、昼は寝とかないとつらいよな。あんま騒いだら、うるさいって怒られる？」

「よっぽど大声あげなきゃ起きてこないから大丈夫。だってみんなのこと起こすのに僕いつも苦労するんだよ。あ、その椅子に座ってて。いま飲み物出すから」

音斗は、岩井たちにジュースを出すついでに自分も牛乳を飲もうと冷蔵庫へ向かう。店で出している、葡萄《ぶどう》だけを煮詰めて作ったグレープジュースを「岩井くんに出していいよ」と、今朝、ハルが言っていた。

そんな音斗の背中に、タカシが声をかけた。

「……ドミノさん、テーブルの上に『祝☆岩井くん』っていうカードがついた紙包みあるんすけど」

「え？　紙包み？」

振り返った音斗は、ダイニングテーブルのはじっこにポツンと置いてある紙包みにやっと気づいた。

嫌な予感しかしない。

このノリは――ハルに違いない。

「岩井っていうと俺だよな？　祝われてる？　やったー。なんで？　でもいいや。なんだろ」

岩井が無邪気に紙包みへと手をのばす。音斗は早歩きで戻ってきて、岩井より先に包みを手にした。

と――紙包みが、かさこそと動きだす。

「わっ」

音斗の手から包みが転がり落ちた。

動くなんて思っていなかったものが、動きだすとぎょっとする。うなじがざわっとして、みんなの目が、床に落ちた紙包みに集中した。

ちいさな木の枝みたいなものが、包みの継ぎ目からきゅっと飛び出た。木の枝は器用に、包まれた紙を内側から剝いていく。

「……生き物っすか？」

でも――どう見ても、動いているのは、木の枝だ。

まるで、衣服を脱ぎ捨てていく人のようだった。最初に突き出た木の枝が手の役割をして、包装の衣装をするすると脱いでいく。かさこそ、とこかたと、木と紙の重なりあう音がして――とうとう、木製の人形が姿を現した。

音斗たち三人は、固唾《かたず》を呑んでその様子を見守っていた。

おそらく危険はないと思う。それでもやっぱり、いきなり動きだした紙包みと、そこから出てくる謎の物体に、音斗の胸の鼓動が馬鹿みたいに速くなった。

「こんばんは？　わたし、人形ですー？」

――人形がしゃべった!?

音斗だけではなく岩井もタカシも目を丸く見開いた。

高さ十五センチくらいの木の人形だ。そのへんの木っ端《こっぱ》や枝を使って、つぎはぎしたみたいな不格好な姿である。顔は輪切りのちいさな幹で、目や鼻や口は、木の実と枯葉だ。

人形は、自己紹介なのか、問いかけなのか、わからないニュアンスで話し出し、ぺこりと頭を下げる。幼い子どものような、舌足らずな話し方をし、きこきこと手足を動かす。

みんなして、言葉を失い、ポカンと口を開いて人形を凝視した。

よく見ると、手足に輪ゴムがついている。背中に四角い箱のようなものを背負い、そこから木ねじが突き出ている。箱のなかに電池などの動力が入っているのだろうか。

仕掛けのある人形か、と思う。だったら動きだしてもおかしくはない。

ハルはいつも自分のことを天才だと言っている。ゴム仕掛けでさまざまなものを動かすことができるとも言っていた。「隠れ里ではゴム駆動式の機械で独自の発展を遂《と》げてきた」というハルの台詞《せりふ》は本当だったのか？

「わたし、おかえりなさいを言います？　ようこそ、ようこそ岩井くん？　わたし、てんさいかがくしゃにつくられました？　わたし、てんさいの人形です？　わたし、伝言を伝えるための人形です？　伝える人を探して、自ら伝えることもありますか？　はい、ありますよ。ぎゅうにゅうは身体《からだ》にいいものです？　音斗くんはぎゅうにゅうを飲むのです？　じゅうすとけーきが冷蔵庫のなかにありますか？　はい、ありますよ」

なにか言うたびに、ことことと頭が揺れる。片言の言い方と、いちいち首を傾《かし》げて問いかけてくるような様子に慣れると、可愛《かわい》らしく見えなくもない。

とてもゆっくりとした口調だった。

「……なんでみんな疑問系なんすか？」

タカシが言うと、岩井が「しっ」と唇に指をあてた。

岩井の目がこれまで見たどんなときよりも大きく見開かれている。なにひとつ見逃せないというようにして、岩井の身体がぐんぐん人形へと近づいていく。トンボや蝶を捕まえるときのように、静かに、両手を広げて距離を詰めていき――。

「なぉ、このめっせーじは、じーどーうーてーきーにー」

間延びしていた声が、さらにゆっくりしたものになる。そして人形の背中から、ぷすぷすと黒煙が上がりはじめた。きな臭い、物が焼ける匂い。

音斗はハッとして岩井の腕を摑《つか》み取る。

「岩井くん、やめたほうがいいかもっ」

ハルのことだから、音斗たちを危険にさらす意図はないはずだ。しかしハルは常識がない。前に全員で「血を吸う」というオールドタイプの吸血鬼を捜しにいったときも、「銀の弾の入った拳銃」とか「先端が尖《とが》って胸に刺しやすいおしゃれなタイプの十字架」などを準備して持っていこうとしたくらいだ。

「爆発するかもしれないっ」

音斗の叫びを聞いた岩井が「えええーっ」と驚き、人形に手をのばしてがしっと摑んだ。

岩井はあたふたとして、

「ドミノ、これ外に投げたらいいいんじゃね？　外！　窓開けて！」

と音斗に指示する。

「え、ちょっと……待って、岩井くんっ」

いや、はたして爆発するのか？　音斗も瞬間的にパニックになったが、そこまでハルは非常識なのか？　どっちだ!?

「窓ね。うっす。岩井っち、開けたよっ!!」

固まった音斗のかわりにタカシが窓を開けた。

「あ……投げるならそっちの空き地を狙って。隣の家のほうじゃなくてっ」

慌《あわ》てた音斗が言えたのはそれだけだった。

しかし——岩井が人形を振り上げて、いままさに外へと放り投げようというところで——。

「めっせーじは自動的に……巻き戻されますー？　めっせーじを聞きたいときは、巻き戻して聞いてね？　何度でも聞いてね？　後ろのねじを巻いてね？　聞きます？」

「え？」

岩井は人形を振り上げたまま固まった。

人形の背中から「しゅぽん」と、ねじが抜け落ちる。抜けたねじが床に落ち、たなびいた煙と一緒に色とりどりの紙吹雪が舞った。

「おどろいた？　くらっかー機能とうさいです？　もりあがった？」

「え？　えええええ？」

岩井が手のなかの人形をしげしげと眺める。タカシも窓の桟《さん》に指をのせたままポカンと口を開けている。

「なんすか、これ？」

「マジかよ。この流れ、フツー、爆発すると思うよな？」

岩井は握りしめた人形をじっと見つめ——固い沈黙が部屋を満たし——。

「ご、ごめんなさい。僕、変なこと言っちゃって、その……」

小さくなって頭を下げる音斗の耳に「くくっ」という笑い声が届く。

「ドミノんち、マジ最高。ドミノって本当にドミノだわ。へーんなのっ」

「……そうっすね」

顔を上げる。

岩井が人形を手にして爆笑している。笑う岩井を見てタカシがくしゃっと目元を緩《ゆる》ませる。音斗はへなへなと倒れそうになる。

でも、笑う岩井とタカシを見ていたら、音斗の口からも、穴のあいた風船から空気が抜けていくような弱い笑い声が漏《も》れた。弱々しかった音斗の笑いも、岩井とタカシの声につられ、だんだん大きなものになる。

岩井の手のなかで、脱力した人間みたいに手足をぶらぶらと垂らした人形も、笑っているように見える。

夏になりかけの甘い香りを含んだ夕方の風が、開いた窓から室内に吹きつける。人形から飛び出した紙吹雪が床の上をさーっと這《は》うように移動していく。弾《はじ》けた笑い声がじょじょに収束する。

それから三人で顔を見合わせ、もう一回、ぷっと噴《ふ》きだして笑った。

その後、音斗たちはテーブルの端にハル作の人形を置き、牛乳とジュースとをそれぞれ飲みながら、頭をくっつけあって宿題をした。

「うーん。英語って難しいよな。俺、ローマ字と英語って同じだと思ってたのに、実は違うって詐欺《さぎ》だ。こんなことならローマ字なんて教えないでくれてよかったのに。混乱する」

「そうだね。でも英単語は基本は暗記だから」

「それが難しいんだよう〜。覚えてたつもりでも、テストになると頭んなか空っぽになるんだ。ドミノは頭いいし、いつも冷静だからいいな。さっきだって、人形を空き地のほうに投げろって言ったり、よく咄嗟《とっさ》にそういう判断つくよな〜」

岩井に真っ正面から誉《ほ》められて、音斗はどぎまぎしてしまう。

「そんなことないよ。むしろ岩井くんのほうがすごい。爆発するかもしれないと思って、それを摑むのって……」

「いや、あれはよく考えたら危なかったっすよ。手に持ったときに爆発してたらまずかったすよね……」

「仕方ねーよ。俺、野球部だから。投げたり、打ったりすんのが習性なんだって」

鼻を擦《こす》ってから、岩井がテーブルに突《つ》っ伏《ぷ》し、続けた。

——習性って？

突っ込みたいが、突っ込まない。揚げ足を取るように思われては、悲しい。ぐっと、我慢だ。岩井たちに嫌われたくない。加減がよくわからないから、ひとつひとつの言動のたびにわりとびくついている音斗だった。

「ドミノ、いいなあ〜。頭よくて顔よくて家がパフェ屋で変わった人形があって」

「そうっすね」

音斗は狼狽《うろた》えて牛乳を一気にごくごく飲んだ。同じ年の男子に「いいなあ」と言われるなんて、考えたことがなかった。これまで音斗はいつもまわりの人を羨《うらや》む立場だったのに。

どういう顔をしていいかわからないから、飲み干したグラスを持って立ち上がり、再び牛乳を注ぎにいく。

ふと壁にかけてある時計を見る。
もう少しでフユたちを起こしにいく時間だ。窓の外もいつのまにか暗くなってい
る。音斗はカーテンを閉めてから、
「ジュース、もっといる？」
と岩井とタカシに尋ねた。
――うわ、なんかこれって親戚のおばさんみたいだな。
言葉が見つからなくて、お菓子や飲み物を勧めるって。クラスメイトに対して、
こんな対応の自分って、どうなの？
――だって自分のうちに人が来てくれたことって、なかったし。
「夕ご飯前にそんなにバカスカ食べて飲んでも怒られないの？　ドミノんち、いい
な。それにこのジュースすげー、うめ――っ。おかわり、くれくれ」
岩井がグラスを威勢よく突き出して言う。
岩井とタカシのグラスにジュースを注ぎながら、そういえば夕ご飯の時間かと音
斗は思う。
と――。

トントンと階段を下りてくる足音が聞こえてきた。

パタリとドアが開き、まずハルが跳ねるように部屋に入ってきた。続いてナツが姿勢正しくきりっとした顔つきで足を踏み入れる。最後に入ってきたフユが静かにドアを閉めた。

笑顔のハルと凛々《りり》しいナツと静寂で冷え冷えとした様子のフユ。三人が並んでいるさまは一幅の絵のようだった。タイトルをつけるとしたら「天使たちの降臨」といった感じだ。

「あれ……どうしたの。まだ起こしにいってないのにみんなして起きてきて」

音斗が尋ねる。ハルはまだしも、寝起きの悪いナツまでもが自分で起きてくるなんてすごい。

「だってそりゃあ音斗くんの友だちに会いたいからさ！　ねーねー僕の作ったゴム駆動の人形どうだった？　盛り上がった？　僕はね、ハル。音斗くんの兄的なものです。天才でしかも見てわかるとおり可愛いんだ。よろしくー」

ハルがパタパタと駆け寄ってきて岩井の前に座る。

——友だち!?

ハルがなにげなく投げかけた台詞が、音斗の胸にストンと落ちた。岩井とタカシは音斗の友だちなんだ。そうか。

「あ、お邪魔してまーす。ドミノの兄さんですか。似てますね。人形、すっげーびっくりしました！」

「驚きましたよ。これって自作なんすか？」

「もっちろーん。誉めて誉めて。すごいでしょ？」

岩井とタカシに感嘆されハルは得意げに胸を張っている。

「ご飯を作ろうと思うんだが、なんならきみたちも食べていくか？　好き嫌いはあるかい？」

次にフユがそう言った。

「えー、いいんですか？　俺はオクラとトロロ以外だったらなんでも大丈夫です」

「オレは生の葉っぱが苦手っす」

「なるほど。オクラとトロロと生の葉っぱが駄目なんだな。よし、わかった。家に電話をしてうちで食べていくと伝えたほうがいい。電話はそこにあるから使いなさい」

フユはいそいそとエプロンをして台所へと向かった。

「はーい」

と返事をした岩井とタカシに向かい、最後になったナツが自分の胸の前で祈るように両手を組み合わせ、重々しい顔つきで告げた。

「アイスを、作る！」

作ろうかという問いかけではなく「作る」という断言だった。決定事項のようだ。岩井もタカシも満面笑顔になって「やったー」と喜んでいる。

そしてナツは右手と右足を同時に出して歩き、緊張に満ちた面持《おもも》ちのまま、ぎくしゃくとフユの後をついて台所につながるドアの向こうに消えた。閉じたドアの向こうでけたたましい物音がする。ナツがなにかに躓《つまず》いて転んだらしい。フユが「もう危ないからお前はそこから動くな。ボウルと泡立て器を持っていくから、そこで座ってろ！」と叫んでいる。

「えーと、きみが岩井くんだよね。五分刈りだもんね。それで……もうひとりの、きみは？」

部屋に残ったハルは、早速、岩井たちと話しはじめる。

「彼は、岩井くんの友だちで、五組の白鳥くん。今日、彼に、跳び箱のなかに閉じ込めてもらったんだ」

音斗がタカシを紹介する。

名字は嫌いと言っていたが「タカシくん」と言ったら、ハルも絶対に「時速何キロで歩くのか」と訊くのがわかっていたので、あえて名字で紹介した。

音斗の台詞に、タカシの顔色がざっと青くなった。引《ひ》き攣《つ》って、眼鏡を押し上げて「あの……その……」と口ごもった。

そんな顔をするほど「白鳥」という名字が苦手なのか？

「あー、跳び箱いいよね。僕も学校時代はよく閉じ込めてもらったもんだよ。懐かしいな、そういうの」

「え……あの、イジメられてたってことですか？」

タカシがおそるおそるといった感じに尋ねた。

――あ、そうか。

名字の問題じゃなかった。閉じ込められたという報告が問題だったのか。

さらっと口にしてしまったが、タカシの反応に「言葉のチョイスを間違った」と反省する音斗である。たしかに冷静になって聞くとイジメの告発みたいだ。

音斗のなかでは納得していることなので、深く考えないで伝えてしまった。

「あの……ハルさんはそういうのが好きな人なんだ。別にイジメとかそういうんじゃなくて、それで……僕もそうするといいよって勧められててね……」

と、フォローに回ろうとした結果、音斗はよけいにドツボにはまってしまった。

体育準備室で跳び箱のなかに閉じ込められるのが好きな人って、どういう人だ？

「あの……お兄さん、オレたちは別に好きで高萩《たかはぎ》くんを跳び箱に入れたわけじゃなくてっすね……その……」

「うん。わかる、わかる〜。そこんとこは気にしないでー。音斗くんは嫌がってなかったでしょ？　表面でも、心の底でも。なにをするのでも相手が嫌がってることはしちゃだめで、相手が望んでることならしていい場合が多い。で、僕たちは箱的なものに閉じこもるのが大好きな体質だから！　これからもいろいろなところに音斗くんが閉じこもりたいって頼んだら、手伝ってくれると嬉しいな〜」

ひらひらと手を振ってハルが言う。

「そ……うなんすか」

不審そうなタカシと違い、岩井は「ドミノ、そうなんだ〜」とけらけら笑っている。

たくさん話すようになって知ったことだが、岩井はかなりの笑い上戸《じょうご》だ。目立ってなにをするというわけでもなく、騒動の中心になることもないが、いつも「笑えるような出来事」をひょいと拾い上げては、爆笑し、近くにいる人の肩を叩いて「これって、おかしーよな」と言うことのできる男。

そういうのも才能だと音斗は思う。

なにより岩井はいまのところ「笑ってはいけない」タイミングで、笑ったことがない。もしかしたら人によっては岩井の笑いがかんに障《さわ》ることもあるかもしれないが、少なくとも音斗は岩井に笑われて傷ついたことがない。

——いいなあ。

岩井はいいなあ、と音斗は思う。カラッと笑って、なにもかもを投げとばす。爆弾かもしれないものですら、咄嗟に摑んで、投げようとする。勇気もあるし、実行力もある。

——クラスの他の男子は僕と目が合ったら逸《そ》らしたのに、岩井くんは「普通」に僕のこと見返してくれたんだよな、そういえば。

目が合って、だから音斗は掃除の時間に「一緒に雑巾がけをしよう」と岩井に言った。それがきっかけで、音斗は岩井と話をするようになったのだ。

笑う岩井をぼんやりと見ていたら——ハルの話題は突然、飛んだ。いつものハルらしい話しぶりだが、その矛先《ほこさき》がまずい。

「ねーねー、岩井くんは音斗くんと同じクラスってことは、守田さんとも同じクラスってことだよねっ。守田さんのこと好きな男子ってけっこういるの？」

「え〜、委員長のこと？　委員長は怖いからな」

「守田さん、学校では怖いんだ？　どんな感じで？」

「ハ、ハルさん……。守田さんのことは別にどうでもいいんじゃないかな」

あたふたとハルに言い返したら、

「どうでもいいわけないじゃん。音斗くんの好きな女の子なのにっ。ライバルがどれくらいいるかは気になるところでしょ〜？　僕は音斗くんのラブを応援しているよっ」

キラキラの目をしてハルが言う。ぐっと拳を握って上目《うわめ》遣《づか》いで言われ、音斗はごくっと唾《つば》を飲んで、岩井とタカシの顔を交互に見た。

「……ハルさんっ」

——言われてしまった!!

頭のなかが沸騰《ふっとう》しそう。音斗はクラスの誰にも、守田のことが好きだとは言っていないというのに。

「ええーっ。ドミノ、委員長のこと本当に好きなの？　ドミノと委員長がつきあってるって女子が噂してたけど、あれってただの噂だと思ってたー」

「つ、つきあってなんてないよっ」

その噂は音斗も知っていて——はじめのうちは、囃《はや》したてられた守田が、周囲から孤立したらどうしようとやきもきしたものだった。しかし守田は強かった。男子たちにどう言われても、黙々と仕事をこなし、平気な顔で音斗と話した。

そうしているうちに男子たちは守田と音斗をからかうのをやめた。

女子たちは最初から守田の味方だったので、音斗とのことでどうこう表立って言うことはなかった。

「守田さんて誰すか？」

「うちのクラスの委員長の女子で、ちっちゃくて眼鏡で真面目《まじめ》で怒るとすげー怖いの」

「へえ〜。ドミノさん、その委員長のことが好きなんすか」

「もう……やめて……」

音斗は両手で顔を覆《おお》う。頭頂部からポッと湯気が出そうに、恥ずかしい。

「じゃあさ、守田さんはクラスの男子とか先輩とか、好きな人いるっぽい？　もしかして音斗くんのこと好きだったりするのかな」

「どうかな〜。委員長、とにかく怖いから」

岩井の答えはさっきからそればかりだ。からかわれたり、好意を知られるのは照れるが——守田のことをけなされるとむっとする。

——怖い、怖いって、なんだよ〜。

「岩井くん、守田さんそんなに怖くないよ」

むしろすごく可愛いよと、そうつけ加えたいけれど、それは言えない。

守田は音斗の「ドミノ・グラサン・マスク野郎」という変なあだ名を「ドン・キホーテ・デ・ラ・マンチャみたいで、かっこいい」と言ってくれた。なにがかっこいいかはわからなくても、守田にそう言われて、音斗はすごく救われた。

守田は真面目で、ときどきひどく大人びた表情をすることがある。でも、音斗は守田の小さな耳がぽおっと朱色に染まっていくのを間近で見たことがある。ちっちゃな女の子になったようなあどけない、愛らしさだった。はにかむような笑顔を見せてくれることもある。笑顔になったときの守田の、柔らかな表情が音斗はすごく好きだ。

それから、眼鏡のレンズの向こうで、目元がふわっと赤くなったところも見た。泣き声も聞いたし、泣き顔も見た。

くるくると変わる守田の表情を、音斗は「いいなあ」と感じたのだ。もっとたくさん守田の違う表情を知りたいなと思った。

「怖いか、怖くないかはどうでもいいことだよ。問題は、守田さんが音斗くんを好きか嫌いかっていうことさっ。そこんとこどうなんだね。岩井くん、白鳥くん」

えっへんと威張り散らしてハルが言う。

「嫌いじゃないと思うよ。委員長、よくドミノと話してるし」

「オレ、その人のこと知らないっす。すみません」

岩井とタカシが「うーん」と腕組みをした。

「もうやめてよ。好きか嫌いかなんて、本人にしかわからないことでしょう。岩井くんやタカシくんにそんなこと聞いたら、ふたりとも困るでしょ」

もうこの話題はおしまいにして欲しい。音斗が言うと、ハルがきゅっと顎《あご》を上げ、なんだそんなことも知らないのかねというような目つきで音斗を見た。

「なに言ってんだよ、音斗くん。その気になれば、相手が自分のことを好きか嫌いかなんて簡単にわかるよ。守田さんの音斗くんへの気持ち、守田さんの態度で、岩井くんや白鳥くんにも絶対に筒抜けのはず！」

「え、わかるって、どうやって？」

岩井とタカシと音斗の三人の声が揃った。

「まず、こうやって近づいてみるんだよ〜」

ハルが立ち上がり、音斗の肩に手をあてて、ぐいっと顔を近づける。鼻と鼻がくっつきそうなくらいまで距離を詰め、ハルが音斗の目を覗き込んだ。

すぐ目の前にハルの鳶色《とびいろ》の目が瞬《またた》いている。

「あのね、好きなものを見るとき、人間って瞳孔《どうこう》が開くんだよ。これくらい顔をくっつけて見て、相手の瞳孔が開いてたら好かれてる。閉じてたら、嫌われてるってこと。好きっていってもラブじゃなくライクな展開？　興味はあるってことね？でもそこが第一歩だからねっ。まったく興味がないときは瞳孔が閉じるんだって。だけど僕、僕のこと嫌いな人に会ったことないんだよね～。だいたいみんな瞳孔を開いて僕のこと見てるんだ～」

にこりと笑い、音斗から離れる。

悪戯《いたずら》っぽい笑顔で「ね？」と言われても——。

「近づいたときの守田さんの瞳孔がどうだったか、岩井くんや白鳥くん、覚えてない？」

岩井とタカシがぶんぶんと首を横に振る。

「じゃあ音斗くんあらためて試そうよ」

「まず『近づく』ってところでハードルが高くて、無理っ」

好きな子の肩をあんなふうに摑んで引き寄せて——ああ、もう、全体的になにもかもがハイレベル過ぎてなんの参考にもならない。

近づいたらドキドキしすぎて瞳孔なんて見られないと思う。きっと音斗は羞恥《しゅうち》のあまり、ぎゅっと目を固くつぶってしまう。想像しただけで心臓が爆発しそうだ。

「男の子なのにこれくらいできなくてどうするんだよ？　ほら、僕を守田さんだと思ってレッツ練習〜。さ、どーんと近づいて僕の瞳孔を見つめてごらーん？」

「ドミノさんのお兄さん、あの……それ、近づいた結果、至近距離で相手の瞳孔が閉じてたら、オレだったら立ち直れなくて、死にたくなると思うっす」

　タカシが暗い声で言う。

「え〜、近いところで、自分が嫌われてること直視する勇気も持とうよ。好きな女の子に嫌われることで、男の子たちは大人へのエスカレーターを上るんだよ〜？　階段どころの騒ぎじゃなくて、どーんと十階くらい一気に上昇する体験だよっ」

「大人の階段はまだしも、大人のエスカレーターは上りたくないよっ。僕たちに、段階を踏ませてっ。少しずつ上らせてっ」

　さすがに言い返した。

「音斗くん、ナイス突っ込み〜」

　ハルにふわふわと笑われて、脱力する音斗だった。

「いまのは突っ込みじゃないよう〜」

岩井とタカシが音斗を見ている。「そっか、ドミノは委員長のことが好きなのか」とつぶやく岩井に「岩井っちはＫ中に行ったクミちゃんのことが好きだったよね」とタカシが言う。岩井が顔を真っ赤にして「もうそれは過去の恋だ。昔の話」と否定した。

——好きな人のこと言われて赤くなるの、僕だけじゃないんだ。

照れている岩井を見て、音斗はほっとする。同時に、すでに「過去の恋」を持っている岩井を尊敬もする。昔の話と言い切れるような恋愛経験があるなんて、同じ年なのに、岩井は「大人」だ。

「あのね、僕が勝手に守田さんのこと好きになっただけだから。守田さんのこと、からかったりしないでね」

ふと、そんな台詞が零《こぼ》れた。もちろん岩井たちはそんなことはしないと思うけれど。

「当たり前だろ。友だちの恋愛の邪魔になること、俺、やんないよ｜。応援してやる。具体的にはなにもしないけどっ」

「オレも、守田さんのことよく知らないっすけど、応援します」

ふたりが一緒になって、音斗に向き合って断言した。

——友だち？

友だちだから応援する。力強くそう言われ、音斗の心が、ふわっと舞い上がる。守田のことを思ったり、話したりしているときとは違う感じで、頭のなかがぽーっとした。

岩井とタカシは音斗の友だちなのだ。生まれてはじめて得ることができた同性の友だちふたり。

「友だちっていいよね。いまどきは、ほら、ひとりカラオケにひとり回転寿司にひとり焼肉って、みんななんでもひとりでできちゃうでしょ？　おひとり様万能のこの時代、それでも人は友だちを求めているのです！　さて、それでは、友だちとしかできないことってなんでしょうかー？　はい、岩井くん！」

ハルが岩井を指名した。

「……遊ぶこと？」

「ぶっぶー。ひとりでも遊べるでしょ。ひとり遊びって、たくさんあるよー。そうじゃなく、人がいないとできないことって、喧嘩《けんか》だと思うんだよねー。特に殴りあいの喧嘩。友だちになったなら『殴りあいの喧嘩』をするといいと思うよ〜。ひとりじゃできないことだからっ」

したり顔で提案され、音斗は頭を抱える。

――はじめて連れてきた友だちに「喧嘩しろ」って、どうしてそんな提案を!?

「殴りあいかー。俺、痛いの嫌だ。でも、一対一の殴りあいの喧嘩って、たしかにひとりじゃできないことだよなあ」

岩井が真面目な顔で考え込んでいる。

「一度くらいやっとくといいって思わない？　憧れない？　ちなみに僕、やったことないでーすっ。殴りあったあとで、お互いを認めあって、わははーって笑うやつ！　フユにやろうよーって頼んだら、問答無用で叩かれて終わっちゃった〜」

「ハルさん、殴るの抜かして笑うとこだけじゃ駄目なの？」

音斗は若干、脱力気味で言う。ハルの提案はその後に実践を促《うなが》されることが多いのだ。聞き流していると「じゃあ、いますぐ殴りあってみなよー」と明るく言われそうだ。そして岩井は「そうか？」と、その勧めに従ってしまいそうだ。

――ここは、僕が阻止しなくては！

「だから音斗くん、さっきも説明したように、意外とね、たいていのことがひとりでできるんだ～。笑うのだってひとりでできるよ。テレビのお笑い番組ひとりで見て、笑ってることよくあるでしょ？」

「そうっすね。意外となんでもひとりでできるんすよね。でも、ひとりカラオケって言葉はあっても、ひとり喧嘩って言葉はないっすもんね。他にひとりでできないことっていうと……イジメとか」

タカシが言う。自分自身に確認をしているような言い方だった。

「でしょ？　でしょ？　しかも一対一っていうところが肝《きも》でしょ？　イジメみたいな大人数対ひとりぼっちじゃなくて、一対一の勝負で、そのあとに笑うのがいいんだよ～。やってみようよ！　なんなら、僕とどう？」

「オレ、空手習ってるっすけど、いいっすか」

ぼそっとタカシがハルに訊いた。

「やだ！　痛そうだから、やめた。じゃあきみは音斗くんと殴りあうといいよ！」

「やりませんっ」

音斗が即座に却下する。

「え～。音斗くん冷たい～。なんでだよう。あ……ところで、きみ、タカシくんっていうの？　白鳥タカシくんか。ねーねー、タカシくんは時速何キロで歩くの？」

むうっと頬《ほお》を膨《ふく》らませたハルが、今度はタカシに向き合った。そういえば名を伏せていたつもりだったが、ついうっかり「タカシくん」と呼んでしまっていた。

「光速で走ります。いや、ワープします」

タカシが真顔になって眼鏡のブリッジに触れて、答えた。淀《よど》みない。

「ワープするのか～。じゃあ僕は、時を駆けるね。タイムトラベルして、時間の狭《はざ》間《ま》を駆け抜けるからっ！」

ハルがタカシの「ワープ」に挑《いど》んだ。ハルと岩井たちの思考回路は似たり寄ったりなのだろうか。どうでもいいことで競い合う中学男子たちに、素で交じっている。

パタッとドアが開き、髪を束ねて、店のエプロンをつけて現れたフユがハルに言いつける。

「ハル、音斗くんたちと遊ぶのいい加減にして、お前も店の準備手伝いに来い」

「違うよ～。音斗くんたちで遊んでるんだよ～」

音斗たち「で」遊ぶか――音斗たち「と」遊ぶか。

そのニュアンスの違いは絶大である。

フユがツカツカと部屋に入ってきた。拳を握りしめ、ハルの頭にぐりぐりと押しつける。

「痛い。それ、地味に痛いよ。ぐりぐりってするのやめて～」

頭を両手で覆って抵抗するハルの襟首《えりくび》を捕まえ、フユが厨房へと引きずっていく。

「痛いよ～。引きずるんじゃなく、抱きあげて連れてってよ～」

「馬鹿かっ。俺にそんな腕力があるものか。自分の足で歩け。ちゃんとしないと大《おお》通《どおり》公園のテレビ塔に吊《つ》るすぞっ」

「テレビ塔からなら吊るされてみたいな。フユ、僕と殴りあってから笑ってみないかって……痛っ、一方的に殴るのはイジメだよっ。やめてよー。……んじゃあ、みんな、またあとで、夕飯のときに遊んであげるね～。それまでちゃんと勉強するんだよ～」

引きずられながらも、ハルは、満面の笑みで音斗たちにそう言って手を振っていた。

「勉強するっす！」

「また後で遊んでくださいっ」

　タカシと岩井がそれぞれにハルへと返事をしたのだった。


　無事に宿題も済ませ、夕飯はフユの手作りのシェパーズパイだった。本来は羊の挽き肉を使うらしいが、入手しづらいので普通の合い挽き肉で作ったものだ。スパイスで味をつけて炒めた挽き肉の上に、生クリームをたっぷり入れて作ったマッシュポテトにチーズを振って焼いている。

「これ、肉コロッケの衣がついてない奴みたいだけど……なんか妙に旨《うま》い」

　岩井はシェパーズパイが気に入ったようだ。何度もおかわりをしている。

「この茶碗蒸し、色も白いし、味もうちのと違うっす。でも旨いっす」

　ホタテの貝柱入りで、上品な出汁《だし》の効いた茶碗蒸しは洋風アレンジで、牛乳が入っている。

　その他、乳製品押しの食卓に、岩井もタカシも特に不服はなくむしろ「美味《おい》しい」とどんどん食事を平らげていった。

食卓の椅子が足りなかったので、ナツとフユは厨房から丸椅子を持ってきてそこに座っている。

「ハル、食べ終えたら、店を開けるからな。もう、音斗くんたち『で』遊ぶんじゃないぞ」

さっきのハルの台詞をフユはしっかり聞き取っていたらしく、ハルにそう釘を刺した。

「そうだよ。僕たち『で』遊ぶのはやめてよね」

音斗もハルに向かって口を尖らせる。

ハルはくるんと目を回してから、笑ってごまかした。絶対に嫌いになれないような類《たぐい》の、悪戯《いたずら》っぽい天使みたいな笑顔で「でもさー、ね」と、なんの説明にもならないことを言って、岩井とタカシに首を傾げて見せる。

「たまには若者と対話しないと、時代遅れになっちゃいそうだから、僕は音斗くんたちと話したいんだもん〜。こうやっていつもアンテナを全方向に立てているからこその、錆《さ》びない僕！　いつでも時代の最先端で新しい風を感じていたいのだ！　フユだって僕が情報あちこちから仕入れてることで助かる部分はあるでしょ？　今度、アイスの通販用のショップをオープンするから、そのために若者の好みのリサーチもしたいし～」

「へえ～。アイスの通販するんすか。いいっすね」

「そそそ。僕たちがまずこの店舗でトライしてみて、その状況によっては僕たちの故郷の村おこしの一環として、アイスを主力商品にして全国展開でネット販売しようかと思ってるんだ～。まずテスト販売でデータ取らなくちゃねっ。食事のあとのアイスの味についても、思うところあったら遠慮なく言ってね～」

「……今回に限ってはうまいことごまかしたな」

滔々《とうとう》と述べるハルを見てフユが小声でそうつぶやく。ハルはしてやったりという得意げな顔で「へへ」と笑う。

「フユ、今日はいつもより優しいね。やっぱり音斗くんの友だちが来てるから、優しいところを見せようってしてるんでしょ？　そういうとこもフユってオカンみたいだよね。男なのにオカン。所帯じみて料理上手で小銭にうるさくて小言が多いけど、僕がゴミ箱に捨ててそびれたゴミを拾って捨ててくれるのはいつもフユ。フユのこと今度からオカンって呼んでいい？」

「な……」

フユが怒るかと思い、音斗はハッとしてフユを見る。しかしフユは絶句してから照れた目になり、そっぽを向いた。

「オカンってのは、あれだろ。『お母さん』っていう意味だろう？　俺はまだまだ、だ。『お母さん』を名乗るのはおこがましいというか」

フユが言う。

——なんで、まんざらでもない顔なの？

「それにな、お母さんてのは、なろうと思ってなれるもんじゃないんだ」

——そうだよね。フユさん男の人だし、お母さんは無理だよね。

「そういえばハルはまだ村での暮らしが短いから、細かい規則は知らなかったよな。うちの村では『お母さん』というのは、母親になってもいいという免許を取得したものだけが与えられる勇者の称号だ。母になるために幾多の冒険を乗り越え、他の母親候補のライバルたちと死闘を繰り広げ、頂点に立ってからさらなる試練に打ち勝ったもののみに許可された『お母さん』という称号。俺だっていつか『お母さん』になってみたいものだが……」

途中から音斗の思考に靄《かすみ》がかかった。言葉はわかるが、内容が理解できない。

とりあえず「隠れ里」では「お母さん」は免許制で、死闘を繰り広げた勝者が得られる名前だということだけが、なんとなくわかった。

——つまり、あの雌牛の「お母さん」は勇者ということなのか!?

「えーと……どこまで本当なんだろう」

音斗がぼんやりと言うと「すべてが事実だ」とフユがあっさりと応じる。

「……そうなんすか。そういやうちには妹と弟がいるんすけど、うちのお母さんも『母親学級』っていうのに行ってました。死闘は……なかったと思うっすけど」

タカシの台詞が、音斗の混乱に拍車をかけた。

——札幌《さっぽろ》市にも母親学級が!?　そこでいったい世の母親たちはなにを習うの!?

「ああ。地方自治体によっていろいろとやり方が違うからな。札幌市とうちの村では『母親学級』のやり方も違うんだろうな」

フユが真顔でうなずいた。

「そういうもんなんすか」

「俺たち、難しいことわかんないしなー。お母さんってそんな大変なんだな」

不審そうなタカシと、素直に感心している岩井を見て――音斗はなにか言おうと口を開いてみたが、なにも言葉が出てこなくて、結局は口をつぐんだのだった。

3

「デザートはうちの店で出してるベリーパフェだ。ブルーベリーとラズベリーに苺《いちご》も入ってる。プラス、アイスは定番のチョコミント」

綺麗にデコレートされたパフェの登場に岩井《いわい》がハイテンションになる。

岩井はデザートのアイスとパフェをそれぞれ二回ずつおかわりした。タカシはパフェのおかわりには至らなかった。フユたちはにこにこして岩井とタカシと音斗の話を聞いていた。フユはタカシの語った「近所に出る変質者の噂」を気にして「物騒だな」と眉間《みけん》にしわを寄せていた。ハルはというと「Ｋ中学校のプールを泳ぐ人魚」の噂が特に気になったようで、すぐにモバイルを開いて、噂のチェックをしていた。

「うーん。人魚を見たっていう噂じゃなく『捜してます』っていう話のほうがヒットする。人に聞いた話が気になって中学校のプール見に行ったけど、校舎には入れなかったっていう報告ばっかりだ。その噂、どこが出所なのかなあ」

カチカチとキーボードを叩《たた》くハルの後ろにみんなで並び、ディスプレイを覗《のぞ》き込《こ》む音斗《おと》たちだった。

「……っていうか、『孤独な魂を持つ女、人魚の姫よ。俺もお前を捜すことに決めた。お前もまた闇の眷属《けんぞく》に違いない。お前ならば我が身体《からだ》の飢えと渇《かわ》きを癒《い》やしてくれるに違いない。待っていろ、そして情報求む』って書き込みが……あるけど……これ……」

ハルが「どこの中二だよ。もしかしたら僕たちが知ってる中二かなあ。これ、嫌な予感しかしないや」とぶつぶつとつぶやきはじめた。そこからハルの光速クリックがはじまった。次々とディスプレイに新しい窓が開いていく。

「うわっ。なんだこれ、パスワード制の中学校の裏掲示板じゃん。えげつないこと書いてるな」

ハルの指と目の動きが速すぎて、音斗たちでは、なにを、どうやって調べているのか読み取れなくなっていった。

そこにふらっと店から戻ってきたフユが、音斗たちを見て、言う。

「おい。ハルは休憩終了だ。ハルとナツとでしばらく店をまわしといてくれ。俺は岩井くんとタカシくんを送ってくるから。音斗くんも、一緒に行くだろ？」

「えー、岩井くんとタカシくん、もう帰るの？　それに見送り、フユだけってずるいよ〜。僕もみんなをお見送りしたいのにっ」

ハルがぶーぶーと文句を言う。

「お前はそのまま引率してK中のプールを見にいったり、不審者を捜す探検をしようとか言いだしかねないから駄目だ。大人の自覚に欠けているからな。あんまりうるさくすると、十字路に捨てにいくぞ」

「それ迷子じゃん。十時のオヤツとか、十字路とか。子ども扱いしてさ。十字路じゃなくせめて十字架に磔《はりつけ》にしてよ」

――吸血鬼なのにそれじゃあ神の子だよ？

「いいや。俺はハルを大人と子どものあいだの中途半端なものとして扱ってる。ハルは可愛《かわい》いぞ。だから留守番しろ」

「へっへー。うん。わかった」

――わかったの!?

可愛いと言われた途端、ハルはケロッとして「まあいいや」とモバイルを閉じて、店の厨房に戻っていった。

岩井とタカシは「ひとりで帰れます」と断ったが、「不審者がうろついていて男子にからんでいるというのに、なにかあったら心配だ」とフユが言い張った。言われてみれば、フユの心配はもっともだったので、音斗も一緒についていくことにした。

――それに、ふたりを帰しちゃうのがなんだかちょっと寂しいし。

岩井やタカシと、どうでもいいことを話して笑うのが楽しすぎて、できるだけその時間を引き延ばしたくなった。フユはきっと音斗のそんな気持ちにも気づいてくれていたのだろう。

四人で裏の玄関から外に出る。くるっと回って、アーケードの商店街の通りを歩きだす。『マジックアワー』の店の前をちらっとフユが覗き「一応、人だかりができてないか確認な」とつぶやいた。

店が混雑しすぎて、外にまで列ができたときは、並んで建っている他店の出入り口前をよけたり、通行の邪魔にならないように列整理をしてさばかなければならない。以前、そういうことがあって、商店街の管理組合と、付近の警察署から注意されたことがある。

「……列、できてないにもほどがあるな。やっぱり今月に入ってからあきらかに早い時間帯の客足が鈍っている。迅速な原因の追究が必須だな」

フユが小声でそう漏《も》らした。

フユの後ろについていった音斗は、見知った人影を店前で見つけて目を丸くした。道の真ん中にある折りたたみ式のベンチを開き、そこに座っているのは——スーツ姿の音斗の父親、高萩勇作《たかはぎゆうさく》である。

アーケードの屋根からぶら下がっている桃色の花飾りが夜風に揺れている。祭りがあるときもないときも、この商店街の通路の屋根には、常時、飾りが下がっているのだ。どこからともなく流れてくるのは、商店街のテーマ曲だ。札幌《さっぽろ》市民ならいつのまにかみんな覚えてしまっている『ポンポコシャンゼリゼ』という愉快な歌詞。

「お父さん？」

声をかけると、勇作がパッと顔を上げ、ベンチから立ち上がった。音斗を見た瞬間、勇作の顔に笑みが広がる。しかしフユを見つけ、ばつが悪そうな顔つきになる。

「お父さん、どうしたの?」

そういえば音斗が家出をしてから、勇作に会うのははじめてだった。

「いや、仕事のついででこの付近に来たものだから。音斗がお世話になっているんだし、一度は、フユさんたちにご挨拶をしておかなくてはと思っていたのにこんなに時間が経ってしまって……」

勇作はびしっと背筋をのばし、フユに向かって折り目正しく頭を下げた。

「このたびはうちの息子がいろいろとご迷惑をおかけして、すみません」

「いや、音斗くんを迷惑だと思ったことはないですし、俺たちはいつも音斗君『に』遊んでもらってる身分ですから」

フユの口元がニッと笑みの形になる。ちらりと音斗を見下ろす目つきに含まれたニュアンスを音斗は知っている。

フユがこっそりと混ぜた言葉の意味が、内緒の符丁《ふちょう》みたいに、フユと音斗とのあいだでだけ伝わったのが、くすぐったいように嬉しく思えた。

秘密をほのめかして笑うのは、胸に甘いということを、音斗ははじめて知る。仲の良い少数で共有する秘密は、些細《ささい》なことでもキラキラして見える。たかがガラス玉でしかないビー玉が、子どもの宝箱のなかで燦然《さんぜん》と輝くように。

「なにかあったらすぐに連絡いただければと思ってます」

「それはもう、もちろんです」

音斗の後ろで岩井とタカシが「ドミノの父さんなんだ？」とささやきあっている。

勇作が怪訝《けげん》そうに岩井たちを見ると、岩井とタカシが「はじめまして。こんばんは」と声を揃えて挨拶をした。

「あのね、友だちの岩井くんとタカシくん。岩井くんは同じクラスで、タカシくんは五組なんだ。いままでうちでみんなで勉強してたの。夜遅くなったからフユさんがちゃんと家まで送っていこうって、それでお店から出てきたの」

勇作に「友だち」を紹介することができて、音斗は誇らしくって、顔がおかしなふうににやついてしまった。音斗は実はずっとこんな日を夢見ていたのだ。自分が小学校で仲間はずれになっていることを、音斗は、父の勇作にだけは知られたくないと思っていた。だって男同士だから。

意気地《いくじ》なしで、駄目な男の子が息子なんだと思われそうで、言えないでいた。もちろん勇作は優しい父親だ。でも優しいし、尊敬する父だからこそ――イジメられていることを伝えたくなかったのだ。

「そうか。音斗がいつもお世話になっています。たまにはうちのほうにも遊びに来てください」

「「はい」」

岩井とタカシが元気よく返事をする。

「そうだ。あのな、音斗。いろいろ考えて、音斗のための棺桶《かんおけ》も用意したんだ。たまには帰ってきて、うちで寝ていきなさい」

勇作が音斗へと視線を戻して言う。

「……棺桶って、いま、言ったっすかね」

「まあドミノだからね」

岩井とタカシがひそひそと話している。言われてみれば、不可解な内容に違いない。普通なら、友だちが父親と棺桶について話してたら「なんで？」と思う。

――おかしいよね、これ。ごまかさないと！

わたわたと勇作とフユと岩井とタカシとを順繰りに見ていたら――。

「そうか。音斗くん、今日は実家に泊まってくるといい。夏になると行き来の時間帯も難しくなるから、いまがちょうどいい。明日の通学に必要なものはあとで太郎《たろう》坊《ぼう》たちに持たせるよ。高萩さん、それでいいですか？　音斗くんはもう夕飯も宿題もすませて、あとは寝るだけです」

「もちろんです！」

勇作の声が浮き立つように跳ねた。

「——おかげさまで『マジックアワー』の経営はなんとかやっていけてます。札幌の地下が、大通りから札幌駅までつながったせいで地上の客の流れが変化したようですね。メインストリートだった道沿いはダメージを受けてる店もあると聞いてますが、うちはメインから外れてる端っこなので意外と影響を受けなくて……。深夜から夜明け間近が盛況で助かってます」

「おお、そうですか。それはよかった」

「正直、今月に入ってからちょっと数字が落ちてるのが気になってますけど……そこは盛り返します」

フユと勇作が大人の話をはじめたのをきっかけにし、音斗たちは音斗たちで固まって、子どもの会話を弾《はず》ませながら歩きだした。

先に歩くのが音斗たち子どもで、大人組は見守るように、少し後ろをついてくる。互いの会話が聞こえないような距離なのは、フユがあえてそうしてくれているのだろうか。勇作に、岩井やタカシとの会話を聞かれるのは、ちょっとこそばゆいので、ありがたい。どうせたいした話なんてしないのに、親に聞かれるのは照れる。

「岩井っち、どんな話題でも順応性高いよね。昔から」

「そっか？」

タカシは眼鏡《めがね》のズレを指で直し、きょとんとしている岩井を笑って見る。それから音斗へと視線を向けて、

「ドミノさんちって変っすね」

とつぶやいた。

返事に困っていたら、口ごもってから、つけ足す。

「あの、誉《ほ》めてます」

「うん。……ありがとう」

そうやって話しながら歩いた。街のなかの夜空は漆黒には遠く、クレヨンで濃く

塗りつぶした紺色みたいな色だ。

札幌の街並みは、碁盤《ごばん》の目のようになっている。直線同士が交差して作る道路と区画。

帰り道の途中、何回か信号機が赤になって止まった。

「ドミノさんちの父さんと、ドミノさんの兄さんて、いつもあんな他人行儀な話し方してるんすか？」

「う……うん。まあいろいろとあって」

タカシがこそこそと聞いてくるのに、小声で答える。フユたちは音斗の兄と周囲は誤解しているが、そうじゃないことや、フユたちとの同居の理由については、細かく説明するとボロが出てきそうで困る。

タカシは音斗が狼狽《うろた》えたのを見てとって、それ以上は追及しないでくれた。

先に家に着いたのは岩井で「じゃあ、また明日な」と明るく言って、大人たちに頭を下げてマンションのエントランスへと走っていった。

タカシと音斗は並んで岩井に手を振り、また歩きだす。

「あのね、ドミノさんて小学校のときハブられてたでしょ？」

突然、タカシがそう言った。音斗の呼吸が一瞬だけ止まる。

背後のフユと勇作を振り返った。音斗たちの会話は聞こえていないはず。

音斗は少し早足になって、大人たちとの距離を稼ぐ。勇作には聞かせたくない話だから。

「うん。それがどうかした？」

ツンとして言う。どうってことないよって擬態《ぎたい》する。意識しないとアルマジロみたいに心がぎゅっと丸まってしまいそうだった。いま痛いわけじゃなく、過去の記憶のなかでの痛みでしかないのに——思いだすと身がすくむ。

なんでだろう。

「仲間はずれになってて、学校は休みがちで、修学旅行も行ってないし、給食のときに一緒に食べるグループでもはみ出してて、いつもひとりでご飯食べてたって聞いてるっす」

タカシが自分のつま先を見下ろして、低い声で続けた。タカシの声は音斗とは違って、もうとっくに声変わりして低い大人に近い声になっている。背も高くて、声も音斗よりずっと大人で——でもチラリと見上げるタカシの横顔の、頬のあたりはまだあどけない。頼りなげな、子どもの顔だ。

「あ……う、うん」

「だけど中学校に来てから、キャラが変わって、みんなと仲良くなってる。すごいっすよね。小学校のときはドミノさんのことイジメてた奴とも、中学になってすぐに喧嘩《けんか》して、それで自分の居場所を勝ち取ったって聞いてるっす」

「喧嘩はしようとしたけど……倒れちゃったから、勝ち取ってないよ。立ち向かおうとしたんだけど、そのまま貧血で気絶しちゃったんだ」

「そうなんすか？　ドミノさんが、決め技『ドミノ倒し』で横路《よこみち》くんに勝ったって噂では聞いたっすよ。尊敬します」

決め技『ドミノ倒し』ってどんな技だ。噂とは本当にあてにならない。小さなゴマ粒程度の出来事に、あっというまに尾ひれや背びれがつく。育ってしまった噂は、ひらひらした金魚みたいに、人のあいだを泳いで、どこかに逃げていってしまう。

ちらちらとタカシの様子を窺《うかが》う。タカシは真剣だ。音斗をからかおうとしているそぶりは一切、見られない。

「あのね、ドミノさんだけじゃないっすよ。元イジメられっ子。オレも小学校の二年生んときに、イジメられてたんっすよ」

タカシが勇気を振《ふ》り絞《しぼ》ったかのような声で言った。

「え？」

「きっかけは名字だったんです。女みたいな変な名字って言われて。名字に男も女もないのに。クラスのボスみたいな奴に目をつけられて、からかわれたり、叩《たた》かれたりしているうちに、駄目になっちゃったんす。学校と友だちが、怖くなって……」

風が吹いてくる。街路樹の枝をカチカチと風が鳴らす。

「とにかく学校に行けなくなって……不登校っていうのになったんすよね。そんときのクラスに岩井っちがいて、それで岩井っちと仲良くなったんす。岩井っちはすごいんすよ」

「うん」

「もともとはオレと岩井っちって、たいして話したことなかったんすよ。だけど担任の先生が、岩井っちにクラスのプリント渡して、オレんとこに持ってくように言ったんす。毎朝、オレんちに『一緒に学校に行こう』って岩井っちが迎えに来て」

「毎朝？」

「うん。それまで特に親しいわけじゃなかったのに、岩井っちは、先生に言われたからって、早起きしてオレんちまで迎えに来るんすよ。最初は嫌だったけど、母親が『岩井くんがせっかく来てくれてるから』って、オレのこと学校に行かせようとして……それで、オレも仕方なく岩井っちと通学しはじめて……」

「行けるようになったの？」

「そんときは、無理でした。学校の校門までは歩けるんすよね。でも、校門からなかに入れない。地図帳とかで、国境の線が引っ張ってあるじゃないすか。ここから先は別の国ですっていう、ライン。実際にはその場所に行ってみても、目に見える線はないけど、地図にだけ引いてあるあの線……。ああいうのが、校門んとこに引いてあるのがオレには見えたんすよ」

　横断歩道の信号の青がチカチカと瞬《また》いた。もうじき赤になる合図。

　音斗は虚弱で走れないし、タカシは音斗に合わせてなのか、走らない。黙って手前で止まった音斗たちの、少し後ろにフユと勇作。

信号が変わり、車が走っていく。よく考えてみたら「赤信号で止まる」って不思議だ。みんなが信号が赤になったら止まって、青になったら進むことが当然だと信じている。音斗だけじゃなく、みんながそう思っているからこそ、混雑した道を車と歩行者が互いにやりくりして使っているわけで――。

「校門のところのライン、なんでみんなには見えないのかなって思ってたっす。学校のなかと、学校の外じゃ、いろんなことが違うんすよ。生きてくルールが違ってて、学校のなかでは英雄の子がいて、でもその英雄は、一歩、学校の外に出たら、誰かの子どもで、親に目茶苦茶に怒られたりしてて……。法律っていうか、ルールっていうか、そういうのが、校門のところの線を踏み越えたら、違う。自分ちと学校では違うんすよね。それが怖くて……」

もしも信号のルールが違う国に行くことになったら、音斗は道を歩くことがちょっと怖くなってしまうかもしれない。赤が「止まれ」じゃない国。信号だけじゃなく、あらゆることがいまの常識と違う国に行くとしたら、それなりの覚悟が必要だ。

そして――その国での自分に味方がいなくて、イジメられていたとしたら――。

「オレにとって学校って、違う国なんだなって思ったっす。しかも戦場。小学校二年だったから、うまく言葉にできなかったけど。みんな自分の居場所のために戦ってて、弱い奴のことは踏みにじる。オレには無理だなーって」

「叩かれたり、したの？」

音斗は怖々《こわごわ》と小声で聞いた。音斗は仲間はずれだったが、身体を痛めつけられたことはなかった。

「したっすよ。叩かれるのはよくあったっす。あとは、上履き隠されたり、教科書なくなったり。でもね、そんな戦場みたいな学校には行きたくないし、もうオレのことは放っておいてって毎日思ってたのに、学校がある日は毎日、岩井っちが迎えに来るんすよ。野球の話とか、テレビの話とか、ゲームのこととか話して……それでいつも校門のところでオレの足がすくんで立ち止まって……岩井っちはちょっとだけ待っててくれるんすよね」

視線を上げる。信号が青になって、信号待ちの人たちが一斉に歩きだす。

「でも、オレは毎日『やっぱり今日は帰る』って言って、そこで回れ右して、ランドセル背負ったままうちにひとりで帰りました」

すれ違う人に身体がトンと弾《はじ》かれる。「すみません」と謝罪したが、ぶつかった相手は急いでいるのか音斗には目もくれずに足早に去っていった。

繁華街から遠ざかると明かりの色合いが変わっていく。窓から零《こぼ》れる灯火は、ビルディングと一般家庭ではなんとなく風合いが違って見える。

——僕だったら、暴力をふるわれたら、絶対に学校に行けなくなってたなあ。

路面電車がガタガタと音をさせてゆっくりと通り過ぎていった。

「一回だけ、岩井っちがオレの手を無理やり引っ張って、校門のなかに入れたんす。そしたらオレ、その場で気持ち悪くなって吐いちゃったんす。みんなにじろじろ見られるし、もう絶対に学校なんて行けない、行かないって心に決めたんすけど……なんでか、オレ、いま学校に来てるんすよね。四年になったときクラス替えがあって、イジメてた奴らと違うクラスになったのと、学校の外で空手道場に通いだしたのと、オレの背がいきなりどんどん伸びだしたのとが一緒に来て……ふっと、校門の前の見えない線を越えられたんっす」

聞いているうちに過去のタカシの感情が憑依《ひょうい》したように、音斗も息苦しくなっていた。「越えられたんっす」と言われた瞬間、音斗は、ほうっと吐息を漏らす。強《こわ》ばっていた肩のあたりが、ほぐれる。

「あんとき担任の先生がなんで岩井っちを選んだのか、実はよくわかんないんすよね。本当、オレらそもそも仲良くなんてなかったんすよ。でも岩井っちは、二年から四年までのあいだ、ずっとオレのこと迎えに来たんです。どうしてそんなことできるのって聞いたら、『先生に言われたから』って、なーんにも考えてない顔で答えられて、拍子抜けしちゃって……。そういうとこもあいつ、すごい奴だと思うんすよね」

「うん。岩井くんがなんかすごいのは、僕もわかるよ」

うまく説明できない「すごさ」だ。岩井はなんの考えもなく、瞬発力だけでひょいっと軽く、物を手づかみで投げてしまおうとするすごさがある。それは大人たちにとっては軽はずみや愚鈍《ぐどん》さと見なされるのかもしれないが。ただ、ある種の人にとってはなかなかできない「最初の一歩」を、人に言われたからやるという素直さだけで、踏みだしてしまえる強さを感じる。

足を出せと言われても、踏みだせないラインが「見えて」しまう人もいる。タカシのように。

そんな岩井の「すごさ」に、もしかしたらタカシの小学校時代の担任の先生は気づいていたのだろうか。だから岩井をお迎え係に選んだのだろうか。

「岩井っちにドミノさんの話聞いて、ドミノさんと話してみたいなって思ったんす。オレ、――たまにあの『オレにしか見えないライン』を思いだして、怖くなることがあって……ドミノさんはどうなのかなって」

「僕は……」

「ドミノさん、見えますか？　見えましたか？　学校の校門にある国境のライン」

「見たことはない……けど……わかると思う」

そこから先は違うルールが適用される国境のライン。学校で。あるいは家の玄関で。もしかしたら大人たちが通っている会社にもあるのだろうか。

「わかり……ますか？　そっかー」

ホッとしたように息を吐いて、タカシが空を見上げた。

「オレ、またあのラインが見えたら、次はもう越えるの無理だなって思うんすよ。だって自分がどうやって越えたか、いまだにわかってないから。わかんないけど越えちゃったっての、たまに考えるんすよ。どうなってんの、オレって」

「うん……」

「空手やって、かっこよくて強い先輩ができて、その先輩目標にしてて、自分が強くなってってても、あのラインが見えたらきっと飲み込まれちゃうのわかってるっす。オレ、芯のところが弱いから」

「僕も、弱いよ。僕、すぐ倒れちゃうし、いまでも体育は全部見学で、生まれてから一度しか走ったことがない。その一度も、走ったらすぐに力尽きて倒れちゃったんだ。タカシくんは、すごいね。空手ができるなんて、いいなあ」

音斗は身体の弱さにだけは自信がある。あまり持ちたくない自信ではあったが。

――僕が「わかる」なんて言うのは、おこがましいのかもしれない。けど、駄目なところばかりの僕だから「自分の弱いところ、駄目なところに凹むつらさ」っていうのだけは、わかるよって言い切れる気がする。

――ひょっとして、世の中には「駄目で凹む」っていう人もたくさんいるのかな。身体も心も強い人ばかりじゃないのかな。みんな強がって見せても、心のなかは凹んでいたりするのかな。

タカシの話を聞いているうちに、音斗の胸の奥がぽうっと熱くなっていた。小学校二年生のちっちゃかったタカシががんばってきた道のりを思うと、自分のことみたいにつらくて、悲しくて、泣きたくなった。

「まだまだ黒帯には遠いっすけどね」

タカシが少しだけ得意げな顔になって、眼鏡の位置を直した。

——すごいなあ。

今日出会ったばかりのタカシを音斗は尊敬する。友だちになれてよかったなと思う。

「それにドミノさんは弱くないっすよ。中学校の校門ラインを踏み越えて、教室で、ちゃんと戦って居場所ぶん捕《ど》ったんすから。オレも、またそういうことがあったら、がんばらないとって、ドミノさんとドミノさんの兄さんたち見てて思いました。生きてく意欲に満ちてるっていうか、すごいっすよね。ドミノさんち。明るくて」

「え……」

いくつか否定したかったが、言葉を飲み込む。フユたちは明るい。しかし、性格の明るい吸血鬼っていうのもどうなんだ？　イメージ的に。

「オレんち、その角っす。あのマンション」

タカシがそう言って足を止める。

それじゃあ、と、大人たちに「送ってくれてありがとうございました」とぺこりと頭を下げたタカシが、音斗の顔を覗き込んで最後に聞いた。

「また遊びに行っていいすか？」

そんなの、音斗の返事は決まっている。

「うんっ」

大きくうなずいた音斗の笑顔に、タカシも笑顔を返してくれたのだった。


久しぶりに音斗の自宅に戻る。タカシを見送ったあと、フユは「じゃあな」と音斗の頭をくしゃっと撫《な》でてから「お父さんから離れるな。ときどき後ろを振り返って確認しろ」と、ずいぶん過保護なことを音斗に真顔で告げて去っていった。

親子ふたりきりになるのも久しぶりだ。音斗が家出して以来。

中学生ともなれば、さすがにもう父と手をつないで歩くことはなく、勇作とふたりでなんとなく縦に前後に並んで歩いて帰った。学校の話や、勉強のこと、そしてなにより友だちについて音斗が報告する。勇作は「うん、うん」と聞いてくれる。

勇作のスーツ姿の背中が広いなあと思う。

音斗の家に辿りつき、玄関のドアを開けると――。

「だから歌江《うたえ》さんはなっていないといううんだ！ 音斗は身体が弱いのに、よそのお宅に預けるとはどういうことなんだ？ そういうのを育児放棄というんだよ。あんたは母親失格だ！ いつになったら音斗はこの家に帰ってくるんだ？」

――おじいちゃん!?

怒鳴り声が聞こえた。勇作の父親――音斗の祖父の声だ。父方の祖父母は音斗の躾《しつけ》や成績などに厳しく、しょっちゅう抜き打ちで音斗の家にやってきては、母の歌江をがみがみと叱《しか》りつけていた。

――僕がフユさんたちのところで暮らすこと、おじいちゃんとおばあちゃんはまだ許してくれていなかったのか。

歌江も勇作も、音斗のために祖父母たちと戦うと言ってくれていたけれど――。

「そうですよ。まだ中学生なのに親から離れて暮らすなんて、外聞の悪い。どんな事情があるのかってみんな勘ぐりますよ。音斗のためにもならない。それとも音斗はもしかして歌江さんのことが嫌で家出をしているのかしら？　あなたもしかして、虐待《ぎゃくたい》みたいなことでもしてるんじゃないの？　だったら私たちが音斗を引き取りますよ」

「そうだ。歌江さんにまかせていたら音斗が不良になってしまう。親としてあんたは落第だよ。音斗にとっても私たちのところに来るのがきっと幸せなはずだ」

祖父母が交互に歌江に言う。

「お義父《とう》さん、お義母《かあ》さん……音斗はいまちゃんと学校に行って、がんばってますよ。そんな言い方されるような暮らしはしてません」

歌江が泣きそうな声で言い返しているのを聞き、音斗は胸がじわっと締めつけられる。

――いつもこうだったんだ。僕の身体の弱さが原因で、おじいちゃんとおばあちゃんに、お母さんがいろいろ言われて……。それでお母さんと、お父さんまで喧嘩になったりして……。

家のなかの暗い揉《も》め事《ごと》を作る種子《たね》が、自分の存在だということに嫌気がさして、家出をした音斗だった。それでうまくいくと勝手に思い込んでいたけれど、音斗が不在でも、歌江と祖父母は言い争っていたのか。

「……音斗、今日はやめておくか」

勇作がくるっとふりむいて小声で言う。

リビングのドアは閉まっている。勇作たちが玄関から戻ってきたことを、みんなはまだ気づいていないようだ。

「なに言ってるの。歌江さんは、音斗のことを育てるのが大変で捨てたようなもんじゃないの。母親失格よ。軽蔑《けいべつ》するわ。それに音斗がいないからといって、なんなのあの悪趣味な部屋は？　ああ、どうして勇作はこんな人を嫁にもらったのかしら……。もうあなたのことは仕方ないとしても、音斗だけは、私たちがまともに育ててあげますから」

意地の悪い言い方をする祖母の声がドアの向こうから響いてくる。

ここで、きびすを返して、聞かなかったことにも、できた。

そっと足音をしのばせて『マジックアワー』にひとりで帰り、過ごすこともできた。面倒なことは父と母にまかせて、音斗は、音斗自身のことだけ考えて――。

でも――。

「ただいまっ」

音斗は勇作の横をすり抜け、ドアを開く。

いかめしい顔つきの祖父が、音斗を見る。猛禽類《もうきんるい》みたいな目つきをしている。撫でつけた髪の半分が白髪だが、祖父はいつ見ても「年を取っているけれど、まだまだ若い」と全身で主張しているような年寄りだった。いつも眉間にしわが寄っていて、なにかあると、気迫に満ちて、がみがみと叱り飛ばす。

祖母は柔らかなウェーブのついた黒髪の短髪が上品で、パッと見は優しげだ。実際に音斗には優しい。でも歌江にだけはいつもチクチクと棘《とげ》のあることを言う。

「おじいちゃん、おばあちゃん、いらっしゃい」

音斗は、お腹の奥のあたりに力を込めた。祖父母の視線に負けないぞ、と思う。

——僕のことは、僕が自分で守るんだ。それだけじゃなく、お母さんのことも、お父さんのことも僕が守る！

もちろん両親がしてくれる音斗の勇気への援護射撃は嬉しい。歌江が盾になってくれるのもありがたい。けれどそれに甘えてばかりじゃ駄目だ。だって音斗はもう中学一年なのだ。男なのだ。

音斗の脳裏に、つい先刻、聞いたばかりのタカシの台詞《せりふ》が蘇《よみがえ》る。『それにドミノさんは弱くないっすよ』。そんなことはない。音斗は弱い。しかし、だからこそ――弱くない自分になりたいと思う気持ちは、誰よりも強い。

祖父と音斗とのあいだに「目には見えないライン」が引かれている気がした。いつもだったらへなへなになって越える一歩を踏み出せない。でも今日はもうちょっとがんばってみよう。

「音斗、お前、よその家で暮らしているそうじゃないか。歌江さんの親戚の家だそうだな。かわいそうにな。親から無理に引き離されて……。しかも自分たちは吸血鬼の末裔《まつえい》だと言うおかしな連中だというじゃないか。まったくなにを考えているんだか！」

「本当よ。それでね、音斗のいないあいだに、音斗のお部屋は、ひどいことになっているのよ。おばあちゃん、あの部屋を見て泣いちゃったわ。びっくりして」

「あれには事情があるんです。だいいち勝手に、こっそりと音斗の部屋を覗くのは、どうかと思いますっ」

歌江が涙目になりながらも、低く、怒った声で祖母に言い募《つの》る。

「勝手に見られて困るような部屋にしているほうが悪いのよ」

言い争いが激化しそうな気配に、音斗は口をはさむ。

「おばあちゃん、僕、修行に出てるだけなんだ。身体も心も強くしたいから、違うおうちにご厄介《やっかい》になっているんだ。お父さんとお母さんに僕から、よそで暮らさせてくださいってお願いしたんだ。お母さんはだから悪くないよ」

吸血鬼うんぬんを言い立てたら事態が面倒臭くなる。ここはうまくそこをごまかして……。

「いいや、音斗。その年で、よその家で暮らす必要なんてない。いますぐ戻ってきなさい。この家じゃなく、おじいちゃんたちの家で暮らそう。この家で暮らしても音斗のためにはならない」

「なんで……？　ここは僕のうちなのに」

祖母が小走りで近づいてきて音斗の手を引っ張った。

「いいから。お前の部屋が歌江さんのせいでどうなってしまったかその目で見なさい。あれを見たら、おばあちゃんの言うことがわかるわ。ここじゃ暮らしていけないって！」

あれよあれよというまに音斗の部屋に引きずられていく。

見知ったドアをバタンと開き、祖母が目をつり上げて、

「ほらっ」

と言った。

——たしかにこれは、ひどい部屋だよ……。

カーテンではなく暗幕で覆《おお》われた窓。部屋の中央にデンと備えられた西洋風の棺桶。蓋《ふた》が開いていて、傍《かたわ》らに立てかけてあり、棺桶の内部に真紅のクッションが敷き詰められているのが見える。以前はあったはずの照明が取り外され、代わりなのか部屋のあちこちに蠟燭《ろうそく》が置いてあった。

かろうじて勉強机と本棚だけは以前のままだが、中学生の息子のために親が整えた部屋なのだと言われても、かなりの人数が絶句するであろうインテリアである。どう見ても、安っぽいお化け屋敷の一室みたいだった。

溜《た》めていた力が、後頭部あたりからプシュッと抜けていくような気がした。

音斗の現状——負けるもんかと意気込んで挑《いど》んで手に入れるものすべてが、絶妙に、変だ。

――こんな立派な洋風の棺桶じゃなくてよかったし、蠟燭で火を灯す必要はなかったんだけどなあ。こういうのってゴシック風味って言うんだっけ？　困ったな。こんな部屋は僕の趣味じゃないのに。お母さんもお父さんも、吸血鬼ってイメージにとらわれちゃったんだろうなあ。

しかしこれもまた親の愛だ。音斗の健康のためにとしつらえられたインテリアなのだ。

重たいし、斜め下にずれているように思えても――愛なのだ。

「ち、違うんだ。これは僕がこういう部屋にして欲しいって頼んだんだ。お母さんはそれを聞いてくれただけで……」

だから音斗は祖父母に抗議した。

「よけいに悪いわっ。子どもにねだられたからって棺桶をベッドに与える親がどこにいるのっ。この部屋を見ればわかる。真実はひとつよ。歌江さんの育て方がなっていないから、音斗は弱いのよ。こんな……わけのわからない悪趣味な……」

「違うよ！」

――真実は、いまひとつだよ！

つけ足しの台詞は、心のなかでだけ、叫ぶ。

参った。

音斗の知っている真実は、情けなくて説明不可能なものだった。

音斗は吸血鬼で、そのせいで日光に当たると身体が弱って倒れて、食も細くて、小柄《こがら》で、音斗の祖父母の望むような「元気な男の子」にはどうしてもなれなくて
——。

音斗の部屋の勉強机の上にあるのはレンズがギラギラと光っているミラーグラス。農作業をする人がかぶっているようなやたらにつばが広くて、大きな紐《ひも》をあごの下で結んでかぶる帽子。長手袋に巨大なマスクに漆黒の日傘。

脱力するしかない現状。

——でも、タカシくんも戦ってた。

音斗は、思う。大人たちには「へなちょこ」にしか見えないだろう小さな戦争。馬鹿馬鹿しいリアル。大人はみんな忘れてしまったのだろうか。自分が子どもだった時期に、毎日、ささやかに戦い続けてきた道のりのことを。子どもたちの世界では、子どもたちなりの戦争がくり広げられていたことを。

「俺も歌江さんも精一杯やっているんです。せめて音斗の目の前で怒鳴りあうのはやめてください」

勇作が、唇を嚙《か》みしめている歌江の肩を抱きよせて、祖父母に向かって言う。

——お父さんも、お母さんのために戦ってる。だったら僕だって！

みんな別にいがみ合いたいわけじゃないのに。両親と祖父母との戦いとか、音斗の教育方針についての喧嘩とか——音斗は本当にときどきそれらのいがみ合いの意味がわからなくなる。わからないけれど、親族間戦争は、無駄に勃発《ぼっぱつ》する。

「おじいちゃん、僕、学力テストではいい成績を取ったんだ。次の期末テストでもがんばって学年十位以内には入ります。それから——身体も少しずつだけど丈夫になってきてるんだ。だからもうお母さんを苛《いじ》めないで」

「別に私たちは歌江さんを苛めているわけじゃ……」

祖母がおたついた声を出す。

「なにを言ってるんだ。そんなひょろひょろした身体で。こんな真っ暗闇な部屋で過ごしたら、病気になってしまう。この家を出て、うちに来なさい。お前を鍛《きた》え直してやる」

祖父がふんっと鼻を鳴らした。高圧的な祖父の態度に、いつもの音斗なら負けて萎《しお》れてしまう。なにより「身体が弱い」のは事実なので、それを突きつけられると「ごめんなさい」としか言えなくなるのだ。

いままでは。

だけど今日は、負けない！

「嫌だよ。僕は僕なりに、がんばってるんだ。結果を見せたら、おじいちゃんは納得してくれるの？」

「結果？」

「テストの結果と、それから僕の身体が少しでも丈夫になってきたっていう結果を形にしてみせたら、おじいちゃんは、もうお母さんのこと苛めない？　僕がフユさんたちのところで暮らしていることも認めてくれる？　約束してくれる？」

つるっと口をついて出た。

歌江と勇作が目を丸くしている。音斗の反論と、その内容に対して、驚いているみたいだ。祖父母も互いに顔を見合わせている。

祖父の眉根がさらに寄った。しかめ面《つら》のまま考えてから、重々しく口を開く。

「ふむ。そこまで音斗が言うなら、その結果とやらを見せてもらおうか。ただし成績だけじゃなく、身体が丈夫になったという結果もだからな。音斗が自分で言いだしたことだ。いいのか？」

「いいよ」

「期限をつけないでズルズルとのばすのもよくない。夏休みまでに結果を出しなさい。男に二言はないぞ」

「ないけど、おじいちゃんは男なのに二言どころか小言が多すぎだよ。男に小言だらけだよっ」

——あ。また、変なこと言っちゃった。

どうもハルに鍛えられているせいで、最近、音斗は言わなくてもいいような心の声がポロリと口から零れていってしまう。

「……音斗はいつからそんな口答えをするようになったんだ？」

祖父はむっつりと不機嫌な顔をしながら音斗を睨《にら》みつけた。

音斗は薄い胸を張って、祖父の視線をがしっと受け止めたのだった。

間章

人魚姫は愛する王子と同じ世界で暮らしたいがために、海の底の魔女と取り引きをしました。

綺麗な声と引きかえに、大地を踏みしめて歩くことができる二本の足を手に入れたのです。

というのが人魚姫の物語――。

札幌《さっぽろ》の季節同士の綱引きは夏がやっと勝利した。

ライラックの花はもうないが、札幌の中心部をまっすぐに貫いて作られた大通《おおどおり》公園の花壇では、ペンキをぶちまけたように色とりどりの花が咲いている。

通水式を終えた噴水も水を湛《たた》え、キラキラと飛沫《しぶき》を上げて、高く水を噴《ふ》き上げている。

焼きたてトウモロコシを売る屋台から、焦《こ》げた醤油の香ばしい匂いが漂《ただよ》っていた。通り沿いに瞬《また》くビルディングの明かり。行き交う車のライト。

大通公園では、時計がなくても気にならない。頭上を見上げると、さっぽろテレビ塔がオレンジ色の時刻をいつでも知らせてくれているからだ。

21：10――。

西三丁目の噴水の縁に、ひとりの女が腰かけている。

女はおそらく、二十代――。

ウェーブのある茶色の長い髪を、ゆるく右肩のあたりでひとつに束ねていた。うつむくと前髪と束ねた髪の房がひとかたまりになって落ちる。

どういうわけか女の髪は、半乾きで濡《ぬ》れている。

小さな白い顔は、薄化粧のわりにはひと目を引く華やかさだ。ぱっちりとした目がどことなくエキゾティックで、美人というより、可愛《かわい》いに針が振られる類《たぐい》の容姿だ。

女は、踵《かかと》の高いサンダルを脱いで、痛そうに足首を撫《な》でさすっている。

両足の足首の後ろと、小指と、親指の横に、靴擦《くつず》れでできたのだろう水ぶくれ。噴水の水が高い位置まで噴き上がり、放射された飛沫が女のうなじを濡らす。

女の前をさっきから、何度も何度も、ひとりの少年が行き来している。寄せては返す波のように。あるいは同じ動きを定められた時間通りにくり返して、噴き上げてはまた引っ込む噴水のように。

ぐるぐるとうろついていた少年は、とうとう、意を決したようにきっと顔を上げ女の前へと歩み寄った。

「あの……これ、よかったら」

そう言って少年は女へとビニール袋を差しだした。

女は首を傾《かし》げ、少年を見上げる。

「痛そうだから……その足」

女は不審そうな顔のままビニール袋を受け取り、なかを覗《のぞ》き込《こ》む。カソコソと袋を探ると、なかから絆創膏《ばんそうこう》の箱が出てくる。

「さっきからずっとそこに座ってるから……。歩けないんですよね？　痛くて」

少年の台詞《せりふ》に、女は目を見開く。

女がずっとそこに座っていることを知っているということは、少年もずっとそんな女を見続けていたことにもなる。少年はそれを告白してしまったことに気づいているのか、いないのか――。

「あ……り」

女の唇が開き、かすれた声が零《こぼ》れる。けれどすぐに咳《せ》き込《こ》んで、喉《のど》のあたりを手で押さえ、苦しそうに顔を歪《ゆが》める。

「大丈夫ですか？」

少年が、咳《せき》をする女の背中を慌《あわ》てたようにして撫《な》でた。

「ごめ……なさ……い。風邪で……声が……」

出なくて、と、心底、苦しそうに女が言った。

「いいです。無理して話さなくて」

そう言った少年に笑顔を向けた女の顔が、思いのほか近かったようで、少年の耳が真っ赤に染まった。

女は少年に手渡された絆創膏の箱をしげしげと眺《なが》めてから、傍《かたわ》らに置いてあったちいさな鞄《かばん》を手元に引き寄せ、なかを探る。少しだけ考えてから、財布から五百円玉をつまみあげ、少年の手のひらにのせようとした。絆創膏代という意味だろうか。

「お金はいらないです。たまたま持っていただけだし」

けれど――女が渡された絆創膏の箱は未開封だった。店の名前のついたテープが貼られたそれと、少年の顔とを、女の視線が一往復する。袋のなかに他にもなにかが入っていて、女の指がそれを探りあてる。

取りだされたのは、今日の日付のついた絆創膏のレシートだ。

「あ……ええと……たまたまなんです。たまたま、さっき買ったばかりなんです……」

言い訳みたいにして少年が告げた。

女の顔に笑みが、少年の顔には朱色がぱあっと広がっていく。

女は「ありがとう」とかすれた声で言い、絆創膏を足に貼る。接着面の裏の白い紙を、つまむようにして捲《めく》る女の指先。

「水に長いことつかってるから……風邪ひいて、声出なく……。新しい靴を履いたら靴擦れだしで……嫌な一日だったけど……悪くないわね」

きみのおかげだ、少年。

おどけたような台詞が最後についた。

ハスキーな声で途切れ途切れに語る女の顔を、少年は夢を見ているみたいなぼうっとした表情で見つめている。

「大丈夫ですか？」

心配そうな少年の声に、女が返す。

「ここに、お迎えが来るから……大丈夫」

それを聞いて、少年の胸のなかが痛くなった。

ふと女が視線を移す。びゅんびゅんと道路を走る車のなか――一台の車が公園沿いの路肩にすっと寄ってきて、停車した。ハザードランプがチカチカと瞬く。

女はサンダルをつま先で引っかけて、よろけながら歩きだす。

歩きたての幼児みたいな——足を魔女にもらったばかりの人魚姫みたいな——頼りない足取りで。
「あの……また会えますか？」
勇気を振《ふ》り絞《しぼ》って少年がそう言った。
女は振り返り——。

「人魚姫としてなら会えるかも」

悪戯《いたずら》っぽい笑いを浮かべてささやいた。

苦しそうに途切れる声で。

「人魚姫？」

「そう。八月になったら『札幌の人魚姫』で検索して捜してみて」

どういう意味だろう。

ふたりの後ろで、噴水がまた高い位置まで噴き上がる。

霧みたいに細かい水しぶきが拡散し、周囲の空気をつかの間、冷やしていった。

4

音斗《おと》たちの中学も夏服になった。男女みんなが、ブレザーを脱ぎ、白い半袖《はんそで》シャツ姿だ。音斗はできるだけ肌を日差しにあてたくないので、その上に薄手のカーディガンを羽織《はお》っている。

期末テストの一週間前である。

テスト範囲が発表され、放課後の部活動は禁止。だからといって生徒みんなが一気に勉学に向かうかというと微妙なところだ。

給食を食べ終えたお昼休み、岩井《いわい》とタカシと音斗は体育準備室の薄暗い部屋に集まっていた。普通なら屋上あたりで日光浴をして青春したいところだが、音斗には無理なので、すべての交遊活動は暗い場所で行われる。岩井たちは音斗の場所に関する提案を特に気にしていない。

音斗はテスト勉強の合間に「どうやったら自分の身体《からだ》が丈夫になったと祖父に認

めてもらえるか」に頭を悩ませている。

そして、岩井はというと――。

「なあ、ごめん。俺、今日はドミノの相談に乗れない。頭と胸がいっぱいなんだ。俺さ、人魚姫に会っちゃった」

夢見る目をして、そう言った。

「え？」

音斗は驚いて訊き返す。

「Ｋ中のプールっすか？」

タカシがすかさず尋ねる。

「違うけど、そう。Ｋ中のプールの人魚っていうのがどうしても見たくて、部活のあとで覗《のぞ》きに行ったんだ。途中で噂の変質者にも会えるかもしれないし、そうしたら一石二鳥だろ？」

「岩井っち、単にテスト勉強したくないから逃避に走っただけなんじゃ」

タカシが冷静に指摘した。図星かもしれない。

「いいじゃんか。だってもう今日から試験前期間で部活も休止になるだろ？　そしたらさすがに勉強しないとまずいだろ？　勉強はじめたら人魚も変質者も後回しになりそうだろ？　でも俺、どうしても人魚だけは見たくなって、気づいたらK中に行ってた」

「相変わらずの岩井っちクォリティっすね。怪談っぽいネタとか不思議系の話、本気で好きっすよね」

タカシが「うんうん」とうなずいている。

「人魚姫に会ったってどういう意味なの？　ハルさんが札幌《さっぽろ》で流れてるネットの噂を拾っていって、人魚の情報はいまのところグレーって言ってたよ。本当に目撃者がいるなら絶対に動画か写メがネットにアップされるのに、そういうのがないからちょっと眉唾《まゆつば》って」

見つけたよ、見たよというだけじゃ、駄目なのだ。即座に写真か動画撮影して、ラインやツイッターで仲間に報告、拡散し「すごい」と言われてこその、噂なのだ。

「もしくは、誰かが目的があって人魚っていうワードで噂を拡散させているかもしれないんだって。この件に関しては、どっちかっていうとそんな気がするって。ハルさん、曰《いわ》く」

どうして『人魚』を拡散させたいのかは謎だ。それに関してはハルもネット回線を駆使して鋭意調査中である。

「目的ってのはわかんないっすけど、そういえば、一時期、女子のあいだで有名だった『金髪で蒼《あお》い目の謎のイケメン占い師』は、このあいだ画像が拡散されてましたよね。あと地下鉄構内を徘徊《はいかい》する地底人も動画になってたし」

地底人と占い師の正体を音斗は知っているが、口をつぐむ。

地底人は市内を徘徊する浮浪者だった。占い師は「オールドタイプのちゃんと生き血を吸う吸血鬼」が、犠牲者になる女性をたぶらかすために占い師に扮《ふん》して夜の街角に露店を開いていたものだった。

マントを着た古式ゆかしい吸血鬼は、フユたちに言葉の攻撃で撃退されたのだ。

音斗がひっそりと、この春にあった吸血鬼退治のことを思い返しているあいだ、岩井とタカシが会話を続けている。

「そうなんだ？　占い師も地底人も知らないや。それに、俺、Ｋ中のプールには入れなかったんだ。校門の鍵が閉まってた」

「じゃあ人魚には会えなかったんじゃないんすか？」

「ううん。最後まで説明させろよ～。それで仕方ないから帰ろうかってしてたら、雪印パーラーの横の道で変に大きな男の人がふたりで『いひひ』って笑いながら走ってったの見つけてさ。『変質者』なんじゃないかと思って、後つけて走ったんだ」

変に大きな男の人で「いひひ」と笑うって——。音斗は心当たりがあるので、青ざめる。それって太郎坊《たろうぼう》と次郎坊《じろうぼう》じゃ？

「すっごい走るの速いんだ。速いのに、べらべら話しながら走ってて——どうもそれが『人魚』についてみたいだったんだ。『人魚らしき人が大通《おおどおり》公園にいる』とか『人魚は、人じゃないから、人魚らしき魚って言うほうがよかろう』とか言ってたんだ。それだけじゃなく『ネットカフェにオールドタイプの吸血鬼がいる』『でももういなくなった』『吸血鬼は人魚を捜してる』とも言ってた。そんなの……気になるじゃんっ」

「それは気になるっすね」

タカシがぶんぶんと顔を縦に振った。

どう考えてもそれは太郎坊と次郎坊だ。ハルあたりに命じられて『人魚』の情報を集めているのだろうか？　さらに、血を吸う『吸血鬼』が深夜にインターネットカフェに出没しているのを捜しているのか？　おまけに『吸血鬼』は『人魚』を捜している？

――吸血鬼も、自称貴族ならネットカフェはないだろうっ。もっとこう……どうにかっ。

心のなかでオールドタイプの吸血鬼に対しても盛大に突っ込む音斗である。

「でも途中で見失って……。ただそのときに大通公園って言ってたのは聞こえたから、公園に行ったんだ」

音斗の内心の突っ込みとは関係なく、岩井の告白は続く。

「そしたら大通公園の西三丁目の噴水んとこに、綺麗な女の人がいたんだ。足を押さえてて……靴擦《くつず》れで歩けなくて座ってるみたいだったから、俺、すぐに薬局に行って絆創膏《ばんそうこう》買ったんだ。でもその絆創膏を手渡すのに勇気が必要で……。その人、髪が濡《ぬ》れてて、声がうまく出せなくて……すっごい綺麗で……この人は俺の人魚姫だ、って思って、だけど」

岩井ががっくりと肩を落としてうつむいて暗い声になる。

「顔が近づいたとき、その人の瞳孔《どうこう》、閉じてた……。俺のことはライクの意味でも好きじゃないんだなーって……ううううう。ひと目惚《ぼ》れして、即、失恋しちゃったよ。瞳孔でわかるなんて教えてもらってなかったら、俺、そんな事実を知らないまま、また会えたらいいななんて夢見てられたのに……」

「ええええええ。瞳孔の確認したの？」

音斗の声がうわずった。異性とそんなに顔が近づいた時に冷静に目が見られるなんて、岩井は大人だ！

「がっくりしちゃったよ〜。その人、自分にまた会いたいなら八月になったら『札幌の人魚姫』で検索してみてって言うんだ。どういうことかわかんなくて、とにかくその単語で携帯で検索しまくった。でも出てくるのはやっぱりK中のプールの人魚の話だけで……」

検索してくれと言って去るなんて、謎だ。

「それにその女の人、お迎えの車が来てそれに乗って帰っちゃったんだ。ナントカ警備保障って横に書いてある白いバン。ああ……」

岩井はくりくりの坊主頭を両手で抱え、

「……俺の人魚姫。さらば俺のひと晩限りの恋」

遠い目をしてつぶやいたのだった。


その日一日、岩井は精彩を欠いていた。恋は人を詩人にする。そして好きな人が自分を見つめる瞳孔が閉じていることを近くで知った少年は、一足飛びに大人のエスカレーターを上がった——のかもしれない。

何度もため息をつき目が虚《うつ》ろになっていて——具合が悪いときの音斗のように、机に突《つ》っ伏《ぷ》している岩井を見て、とうとう守田《もりた》とその友人の赤城《あかぎ》という女子がそっと音斗に訊いてきた。

「今日、岩井くんちょっと変だけど大丈夫かな」

さすが守田だ。よく見ている。

眼鏡《めがね》をきゅっと指で押し上げて、首を傾《かし》げ、心配そうにしている。

「うん。ちょっとね」

ひと目惚れした相手の瞳孔を見て撃沈《げきちん》したなんて、守田に言えない。言う必要もない。岩井のプライドを守るために音斗は曖昧に微笑《ほほえ》んでごまかす。

クラスの女子のなかでいちばん小柄《こがら》な守田とは対照的に、友人の赤城は中一にしては背が高く、体格もいい。ショートヘアなのは女子バレー部員だからだ。

「やっぱりあのことで落ち込んでいるのかな。岩井くんのお母さんが、テストの結果が悪かったら野球部やめさせるって言ってるんだよね？　うちも人ごとじゃないんだよな。バレー部やめろって言われたら、最悪だよう」

赤城が口を尖《とが》らせる。

「あれ？　みんな岩井くんのそれ知ってるの？」

「うん。だって岩井くんの声、よく通るし……高萩《たかはぎ》くんと話してるの聞こえてきちゃって……。あ……あのね、別に盗み聞きしているわけじゃないからね。それでさ、高萩くんのところで勉強会するっていうのも聞こえたんだけど……うちもそれ、交ざってもいいかな」

「え？　赤城さんが？」

「だって高萩くん頭いいもん。テストのヤマを教えてもらえたら対策バッチリだと思う。守田もそう思うでしょう？　私と守田と一緒に交ざってもいい？」

ぐっと押してくる赤城にたじたじとなり、音斗の頭のなかが軽くパニックを起こす。

――守田さんも一緒に？　うちに来るの？

学校から帰っても守田さんと会えるなんて嬉しすぎる。

喜びで動転している音斗を見て、守田は「音斗が嫌がっている」と受け取ったようだ。

「……赤城ちゃん、高萩くんちはお店やってるから、そんなにたくさん人が来たら、困るよ。やっぱりさ、女子は女子だけで勉強会しようよ」

「そんなことないよ。困らないよ！」

守田と一緒に勉強ができるなら、大歓迎だ。

わっと、勢いでそう言ってから――首を傾げて「本当？」と大きな目をくるっとさせた守田を見て、音斗の顔が動揺で火照《ほて》る。

顔が、近い。

――どうしよう。目を見るのが、怖いよっ。

守田の瞳孔が閉じていたら、音斗はショックで立ち直れなくなる。いままで他人の瞳孔なんて気にしたことなかったのに、突然、挙動不審になって守田の瞳を見ることができなくなってしまった。

視線をそらし、

「本当だよ。一緒に勉強しようよ」

と、あらぬ方向を見て返す音斗だった。

――わあ、これって最悪な感じでは？

本当は嫌がっているのに、仕方なく口だけは「いいよ」と言っている人の態度のようでは？

案の定、守田は、

「うーん。今回は、赤城ちゃんと私とで勉強してみる。期末の結果が駄目だったら、次のテストのときは高萩くんに教えてもらうね」

と、優しい声で言った。

「あの……守田さん、違うんだ」

勇気を振《ふ》り絞《しぼ》って、バッと守田の顔を凝視する。

レンズの向こうで綺麗な目がパチパチと瞬《まばた》きしている。驚いたみたいに、きょとんとして「なにが違うの？」と守田に返されると――言葉が出てこなくなった。

「ううん。なんでも……ない」

身体も鍛《きた》えなくてはならないが、どうやら音斗は心も鍛えたほうがいいみたいだ。

早急に、守田の瞳孔問題に正面から向き合える勇気を持たなくては、守田と話すたびに視線を泳がせて、別なほうを見て話すことになってしまう……。

「そっか。テスト、お互い、がんばろうね」

「うん」

――僕って、駄目な男だよ。

音斗は、うつむいて力なく応じたのだった。


結局、今日も岩井とタカシと音斗の三人で『マジックアワー』で勉強会だ。

三人での帰り道――今日の音斗と岩井は口が重たい。そのせいかタカシがひとりで、音斗と岩井を鼓舞するかのようにさっきからいろいろと話しかけてくれている。

「つまりドミノさんはスポーツでも優秀であるっていうところを家族に見せたいっ

てことっすよね？　日差しが駄目なら、屋内での競技がいいんじゃないっすか？　秋のクラス対抗の球技大会に出場して、いいところを見せるとか。球技大会のバスケやバレーは体育館でやるから室内っすよ」

「秋じゃあ遅いんだ。夏休みまでにって言われたんだ」

どうしてあのとき「年内に」などと、期限を延長する提案をしなかったのだろう。怒りで勢いづいたせいで、大切なところで、祖父に一本取られていた。

フユたちにも相談してみたが、ハルは「じーちゃんを倒せばいいんだね～。了解だよっ」と違法ぎりぎりの武器作りをはじめ、ナツは「俺には力しかないから、俺が代わりに音斗くんのおじいちゃんを倒す！」と据《す》わった目をし、フユが「一番実現可能なのは指相撲《ずもう》じゃないか？　指を鍛えて『指相撲みたいなもの』をやればどうかな。そして最後に金ですべてをひっくり返すんだ！」と真顔になったので、自分ひとりで考えることにした音斗である。

――やっぱり『マジックアワー』での僕の役目は、常識と良識担当なんだと思う。

フユたちは悪くない。でもちょっとズレている。

だからここは音斗が自分で「マトモ」な方法を考えなくてはならないのだ。

「夏休みが始まるまであと少しっすよね。それまでにできそうな体力作り……。プールはどうっすか。うちのじーちゃん、体力作りのためにって毎日、屋内プールで歩いてて、元気になったっすよ」

「プール……か。僕、たぶんカナヅチだと思うんだ」

考えたこともなかった。音斗はいままで泳ごうとしたことがない。プールの授業に参加したことがないから、わからない。

――カナヅチの僕が夏休みまでにちょっとでも泳げるようになったら、それだけでも認めてもらえるんじゃないかな？

「プール……人魚……」

押し黙っていた岩井が、ふっと顔を上げ、切なそうにつぶやく。

失恋の傷を負ったことのない音斗は、なにを言えばいいのかわからない。

「岩井っち、なんかごめん。思い出させるようなこと言って」

プールの話をしたタカシが慌《あわ》てたように言う。

「……ううん。いいよ。俺、こんなんじゃ駄目だよな。ごめん。いつまでもボーッとしてて」

「いや、そんなことないよ」

咄嗟《とっさ》に返す音斗である。まだ、今朝失恋の話を聞いたばかりで——いまは放課後だ。「いつまでも」というほどには岩井はボーッとしていないのである。もっとボーッとしていてもいいくらいだと思う。

しかし岩井はつらそうな笑顔を浮かべ、音斗に言った。

「俺、泳ぐのもわりと得意なんだ。運動好きだしさ。ドミノに勉強教えてもらうかわりに、水泳教えてやれるかもしれない」

「岩井くん……」

「もういっそK中のプールに忍び込もうぜ。俺の失恋記念で、本物の人魚姫、見つけちゃおう。そんくらいしないと、俺の夏がはじまらないよ」

岩井が空元気みたいに声を張り上げた。


その後、『マジックアワー』で三人で勉強していたら、ちょくちょくフユとナツとハルが顔を出し、テストが終わったら猛然と水泳をがんばることにしようという計画が、フユたちの耳に入ってしまった。

「なるほど。『指相撲みたいなもの』じゃなくその手があったか！　じゃあ俺も音斗くんのカナヅチ克服計画に協力できることを考えておこう」

「フユさんて泳げるの？」

「まさか。俺もハルもナツもカナヅチだ。道東育ち舐《な》めんな！　道東の海がどれだけ冷たいと思ってるんだ。そのかわりスケートは上手《うま》いぞ。冬だったら音斗くんにスケートを教えたんだがなあ」

　きっぱりと言い切るフユに、これは泳ぎの練習についてもフユたちはあてにならないなと心に刻《きざ》む音斗だった。

「とりあえずハル、札幌市の屋内プール、夜間営業ってので検索してくれ。平日の昼は学校だし、土日祝の昼だと行き帰りの日差しが問題だ」

「はーい」

　もはや馴染《なじ》みのハルのモバイルを叩《たた》くカチカチという音。

「場合によっては夜間に忍び込めそうなプールっていうのも検索しとく？　夜だったら屋内でも屋外でもＯＫでしょ？」

「ハルさんっ。忍び込むのは駄目だよっ」

慌《あわ》てて制止する音斗に、ハルは「えー？　リストアップしたのにー」と不服そうに口を尖らせた。

「待って。そんな瞬時にリストアップしたの？」

「プールについてはちょっと前から調べてたから〜」

音斗のためというより——人魚の噂について調べたときにだと、納得する。

「そういえば『人魚』の噂はどうなってるの？」

岩井の目がハッとしたように音斗に注がれる。岩井の意中の『人魚姫』ではなく、この場合はK中で泳いでいるという『人魚』で——と、訂正したいが、言いだせない。

——岩井くんと『人魚姫』のことをハルさんに知られたら、ハルさん、悪気なくみんなを巻き込んで混乱させそうだ。

音斗はハルに守田のことをあれこれ言われると、身悶《みもだ》えしてしまう。岩井に同じ羞恥《しゅうち》を味わわせてなるものか。人魚姫との出会いは、岩井とタカシと音斗だけの秘密にしておこうと、そっと決意する音斗だった。

「画像ナシ。動画ナシ。噂だけひとり歩き。最初にこの噂が出てきたのは匿名掲示板の札幌地域版とツイッター。最近このパターン多いよね〜。一番最初の書き込み探ると、たぶんこれだろうなっていうのが『K中学校の専属校務員をしている人から聞いたんだけど』ってやつだった」

「専属校務員？」

「学校の深夜の警備をしたり、ごみ処理をしたりしていた人のこと。学校に関しての作業管理員とか、校務員っていう呼び方もするけど、昔だったら用務員さんって言われてた。でももういまはいないない学校のほうが多いんじゃないかな。すっごい前は、学校に住み込みで深夜の巡回してた、そういう仕事の人がいたんだよ〜」

「そうなんだ。僕、そういう仕事している人、見たことないかも」

音斗が言う。岩井とタカシも「知らない」と口々に言う。

「そう。音斗くんたちの学校にも住み込みで仕事してる人はいないよ。だからこそ、この最初に出てきたときの書き込みが眉唾《まゆつば》なんだよ〜。K中に学校専属校務員さんていないんだもん。調べてみた」

「そっかー」

「そそそ。気になるワードを拾って検索すると、噂の流れってのはうっすら見えることもあるんだよね〜。この噂のネット上の初出は先月なんだ。五月。それがまたたくまに広がってるけど、おかしいよね。札幌の学校プールで、五月にプール開きをして水を入れているところって、少ないんじゃないかな。K中は水泳部もないし、冬のプールの水はスッカラカ〜ン」

「区民プールとか、民間のプールはまだしも、学校のプールって冬場は水を入れてないところ多いっすもんね」

「夏が近いから、季節ネタでみんながプールってことで話題にしてるのかもね。誰も話題にしなければ風化する。でも、この噂に関しては最近、定期的に誰かが火種を灯《とも》してる。その火種を落としてくやり方とタイミングに、作為を感じるんだよな。誰かが『人魚』の噂を必要としているっていう感じがして……」

「……ううううう。人魚姫を……必要としている人が？」

ハルの返事に、岩井が頭を抱えて涙目になった。

「岩井くん……」

タカシと音斗は顔を見合わせる。

もうこの話は岩井の前ではしないほうがいい。音斗だって、守田に失恋した直後に、守田を思いださせることを周囲に言われたら泣きたくなるに違いないから。

「それはそうと――僕たち勉強しなくちゃ。そのために今日、みんなにうちに来てもらったんだし」

「そのとおりっす。オレたち勉強しないとヤバいっす」

力強く言い切ると、フユが「うん。そうだな」とうなずき、ハルのシャツの後ろ首のところをきゅっと捕まえて、店のほうへと引っ張っていった。


ときどき脱線しながらも勉強は進み、八時過ぎには前と同じようにふたりを家まで送っていった。

今夜の送り係はハルである。ハルのテンションはいつも通りに高いが、岩井が落ち込んでいるので、なかなか話は盛り上がらない。

「どうしちゃったのかなー。今日のみんなは会話のキャッチボールじゃなくて会話のドッジボールだよね。僕が一方的にボールぶつけてるみたいで、このままだったら僕のひとり勝ちだよ。会話においてすら僕が優勝するなんて、僕って罪作りだよね」

「よくわかんないけど、ハルさんが優勝でいいと思うよ」

音斗はハラハラして岩井を横目で見つつ、ハルの相手も適度にこなしていた。

岩井が家に帰り——タカシが家に帰り——。

音斗とハルはみんなで来た道を、ふたりで戻っていく。

そういえばハルたちには恋人はいないのだろうかとふと疑問に思う。みんなには女性の影が皆無だ。もてそうなのに。もし恋人がいるなら、ハルたちがどんなふうに女性に告白したのかを参考までに聞いてみたい。

「ハルさんは好きな人っていないの？」

「僕？　僕は自分が大好きだよ!!」

ハルについては聞くだけ無駄だった。

「じゃあフユさんやナツさんは？」

「いないよ。……っていうか、いたけど、フユもナツももう誰ともつきあってないよ」

「ふうん。どんな人だったのかな」

「フユの相手は同じ里の吸血鬼でずーっと片思い期間更新中って聞いたけど、僕は教えてもらえないんだ～。フユは絶対に僕にだけは相手が誰か言わないって。ひどいよね～。ナツの片思いの相手は隠れ里の外に住んでた人間で、もうそれだけで悲恋要素満載。だいたい僕たちが吸血鬼だからってところでハードルがいろいろとあるのにさ～、ナツはあんな性格だし～」

「片思いと悲恋……？」

変なことを尋ねてしまったかもしれない。

フユとナツのいない場所で、フユとナツの片思いや悲恋についてハルから聞きだすのは悪いことのような気がした。

ハルもそれに気づいたようで「あ」とつぶやいてから音斗を見て、口をつぐむ。

「音斗くん、ごめーん。いまのナシ。フユにもナツにも僕がこのこと話したって言わないでっ」

口の前で両手でバッテンのサインを作りしかつめらしく言い切った。

ハルにしては珍しく真顔になっているから、音斗も素直にうなずく。

――フユさんでも片思いしてるなんて。それにナツさんは人間の人が相手だったのか。吸血鬼と人間との恋愛ってやっぱり大変なんだろうな。

いまはまだ守田が好きだという気持ちだけを抱えていればいいが、この先は様々な障害が生じてくるのかもしれない。

少しだけ気持ちを沈ませ、音斗は話題を変える。

「そうだ。ハルさん、人魚についてネットの噂だけじゃなく、プールにも行って調べてるんだよね？　太郎坊と次郎坊に調査させてるんでしょ？」

これは岩井がいない場所で聞かなくては。

「うん。太郎坊と次郎坊にはあちこちのプール見てもらってる。K中学だけじゃなく、他のプールでの目撃と混合して、噂が流れてる可能性高いからさ。もし『人魚』がいるとしたら、学校のプールじゃなくて民間のプールのほうがまだしも侵入も目撃もしやすいと思うんだよな」

「人魚、いたの？」

ズバリと聞いてみた。ここまで、ハルは「いた」とも「いない」とも断言していない。眉唾。グレー。そんな言い方をしつつも「いない」とは言っていないのだ。

音斗はというと、半分くらいは「いない」に賭《か》けていた。しかし残り半分は「もしかしたら、いるかも」とも思っていた。

「いるといえばいるし、いないといえばいない」

ハルが応じる。

「ええ!?　どういうこと？」

思わず大声をあげた。行き交う車や行き過ぎる人びとの雑踏の音に紛《まぎ》れ、音斗の声がふわっと闇夜のなかに溶け込んでいく。

「このあいだの占い師や地底人と同じだよ。いるけど、いない。いないけど、いる。人魚姫みたいな女の人はいるし、人魚の噂を流してる誰かがいる。ひとつの噂だけじゃなく、いくつかが組み合わさって錯綜《さくそう》して、もうわけがわからない。噂を流した人の思惑とは別に、聞きつけたみんなが『人魚』を捜しはじめてる」

音斗の声を背中に浴びながら、ハルがぴょんぴょんと跳ねていく。歩くだけでとにかく楽しいとでもいうように、小柄な身体が弾《はず》んで、揺れる。歩道の端に、明かりの灯った飲み屋の看板。赤とオレンジでデコレートされた電飾がピカピカと光って、ハルの白い肌や、茶色の髪を映しだす。

「待って。もっと詳しく教えてよ。つまり、人魚っているの？　いないの？　捜してるってことは、いるってこと？　わかんないよ〜。あ、そうだ。それから……ネットカフェに吸血鬼がいるっていうのも……」

「うっわー。音斗くんってなにげに僕より情報収集能力高くない？　才能？　ネカフェの吸血鬼情報はどこから？　僕はネットの海を徘徊して情報を拾い集めてるけど、音斗くんはリアルに足と耳とで稼いでるからなのかなー。僕はリアルのほうは太郎坊と次郎坊の目と耳に頼ってるだけだしなあ。僕も自分で歩くべき？　うーん。でも僕は僕のやり方を通そう〜っと。だって僕の夢はいつか二次元人になることだしね〜。三次元的な活動より二次元大切〜」

「ハルさんってばー、たまには僕の聞いたことにまともに答えてよー。いっつも斜めな方向に返してくるんだからっ」

「だって悔《くや》しいじゃん。音斗くんに情報戦で負けるの。だから真実は教えない〜」

「いつのまに勝ち負けになってるの？」

　ワンバウンドして戻ってくる会話のボール。ハルとのやり取りの、癖《くせ》のあるこの感じに、けれど音斗はずいぶんと慣れつつある。

「生まれついたその日から男は黙ってガチ勝負だよ！　ところでさ、誰かにつけられてない？」

「は？」

首を傾げ、ハルが音斗の後ろや、自分の周囲を見渡した。

「フユがさ、音斗くんと歩くときたまーに誰かにつけられてる気がするって……。僕もそんな気がちょっといましたんだけど」

「まさか」

先を行くハルの背中を早歩きで追いかけていく。

「気のせい、かなあ？」

「気のせいだよ。それより、あのねあのね、期間限定で八月になったら会える人魚姫って、ハルさん思いあたる？」

岩井に聞かされた謎の美女の言葉が音斗の頭のなかにしっかりと根付いている。

そのことについて聞きたくてたまらない。『八月になったら札幌の人魚姫で検索を』。

音斗たちは音斗たちで、三人で、岩井の運命の人魚姫について推理したのだ。岩井が言われた台詞《せりふ》や、走り去った白いバンのことをさんざん話した。岩井は「車のナンバーしっかり見ておけばよかった」と嘆《なげ》いていた。呆然としていて、それどころではなかったのだそうだ。

するとハルがくるっと振り返った。

「なんで音斗くん、そこまで知ってるの？」

「え？」

訊き返されて、音斗は、きょとんとして立ち止まる。期間限定の人魚は存在するということと？

「ハルさんどういうこと？」

「もしかして神崎《かんざき》さんから音斗くんにも連絡いった？　僕が先行リードしてたと思ったのに〜。絶対にこれ以上は音斗くんには教えないからね。いままでは遊びでここからは推理の真剣勝負に挑《いど》みます！」

「神崎さん？　誰？　それに真剣勝負ってなに？　僕、ハルさんと勝負なんてしてないよ？」

——しかしその名前はどこかで聞いた記憶が。

頭のなかをかき回し、ここ数日分の記憶をひっくり返し——冷蔵庫にマグネットで貼られていた名刺を思いだす。

「あ！」

音斗がちいさく叫ぶと、ハルが「ふふ」と笑って、背中で手を組んで離れていく。

「ねーねー、冷蔵庫の！　名刺の人だ。映画の人でしょ？」

ハルは答えない。

追いすがって歩いていくと、『マジックアワー』が見えてきた。

と――。

物陰から、ひょいっと女子高校生が姿を現した。

制服姿に、濃いめのメイク。目の周りが黒く縁取《ふちど》られていて、ひじきみたいなつけまつげが瞬《まばた》きのたびにバシバシと重なりあっている。これでも「制服だから薄化粧」なほうだ。

いつ見てもちょっとだけ魔女っぽいこの女子高校生は――守田の姉だ。

外見は似ていない姉妹だが、守田姉妹は仲が良い。音斗たちと守田姉は守田姉が家出騒動を起こしたときに知り合い、以来、守田姉は『マジックアワー』の常連さんだ。

「あ、守田姉！　またパフェ食べにきたの？　いつも御贔屓《ごひいき》くださいましてありがとうございます～。っていうかさっきから、つけられてる気がしたのって守田姉か！」

ハルがへらっと笑って片手を上げる。が、守田姉は、一枚の紙を突きつけながらハルを睨《にら》みつけて告げた。

「あんたのこと待ってたのよ。どこほっつき歩いてたの。店んなかで話したら、誰に聞かれるかわかんないから。——これ、見てよ」

「なに？」

ハルが立ち止まって受け取った紙を、音斗も覗き込む。

『変質者にご注意』と大きな活字で記載されたチラシだった。

「これ、あんたたちなんじゃないかって町内で揉《も》めてるんだよね。箇条書きの特徴がそれっぽいって。うちのオヤジが『あの人たちはああ見えて中身はすごくまともだから、人違いだ』って、噂流してるおばちゃんに言い返してたけど……。いままで、あんたたちの店に『イケメンの店員さんの美味《おい》しいパフェ』って目をハートにして通ってたおばちゃんたちほど、手のひら返して『なんか胡散臭《うさんくさ》いと思ってたのよね』ってなってるよ」

守田姉の台詞に、ハルと音斗は、顔を見合わせたのだった。


立ち話で済むことではないからと守田姉を家へと招き入れたハルは、詳しく聞き込みに入っている。

これは店にも関わる重要事項だからと、フユも招集し、チラシを見せた。

「警察署に、中学校の男子が『こういう変質者がいて問題になってるから、注意してください』ってこの手作りチラシを置いていったんだって。警察のほうでもちゃんと犯人捜しとパトロールの強化はするって言ってたよ。でもそのチラシがうちの商店街の組合にも流れてきたんだよね」

「チラシっていうか……これって『学校新聞局発行・号外』って書いてあるよ」

しげしげとチラシを眺《なが》めてから音斗はそう言った。

――これ、きっとタカシくんが言ってた『裏新聞』だ！

学校名は書いていない。中学校とも記載していない。『学校新聞局』ならば、どこの学校か、もしかしたら小学校か、高校かもと言い逃れだけはできそうな体裁だ。

ちなみにその学校新聞に箇条書きされている『変質者』の特徴は——。

「その一、帽子をかぶっている。その二、大きなマスクをしている。その三、目の色が蒼くて髪が金髪。その四、彫りが深い顔立ち。その五、男子中学生を狙う。その六、夜しか出ない」

——マスクに帽子って、僕の日差し対策の通学スタイルとかぶってる。それから金髪とか、目の色とか、彫りが深い顔立ちって『マジックアワー』のみんなに似てる？

音斗が音読するのにあわせ、フユがいちいちうなずいてから、最後につぶやいた。

「なるほどな。そういう噂が出たから、近所の人たちがうちの店から遠のいたのか。俺たちがこの『変質者』じゃないかってみんなが疑心暗鬼になっているわけだな」

フユが言う。

「そうよ。近所の人は、ここの中学生がマスクに日傘に帽子にサングラスで毎日通学してるの見て知ってるからね。帽子にマスクで彫りが深くて西洋人風の見た目ってことは、あんたたちじゃなくても、あんたたちに関わりのある人物なんじゃないかって思うわよね」

「僕のせい？」

　音斗の通学スタイルが類似していたから？

　音斗がしゅんとして言うと「違う」とフユが否定してくれた。

「近所の人たちにまだきちんと信頼されきっていない俺たちのせいだ。現に守田さんのお姉さんと、守田さんの親は、俺たちじゃないってわかってくれているだろう？　信用されてたら、妙な噂が立っても、誰かが否定して、火消ししてくれることも多い。その火消し機能が働かなかったのは、俺の立ち回り方が未熟だったからだ」

「そうね。あんたが深夜の自販機で、小銭拾って浮かれて踊ってたの見たおばちゃんが『小銭ひとつでいきなり踊るなんて、ちょっと』って、変質者なのでは疑惑の後押しを積極的にしてたわ〜」

「小銭は大切だ!!」

　フユが目の色を変えて、断じた。

「フユ、だから自販機の下をチェックするのやめなって言ったんだよ〜。あれってやっぱり目立つって。フユの場合、自販機見るたびにあれやるじゃんー」

ハルがフユに向かって言う。

フユが口をへの字にして「金のありがたさをどうしてみんなは理解しないのか」と虚空《こくう》を睨みつけた。

「それよりさ……ねえ、これって……アイツじゃないのかなって私は思ったわけよ」

守田姉が、テーブルの上のチラシを指でトントンと叩いて、告げる。

「アイツって……オールドタイプの吸血鬼ってこと？」

音斗が小声で聞き返した。守田姉が、こくりとうなずく。

「そう。あんたたちの目の色と髪の色とは微妙に違うんだよね。金髪で蒼い目ってぃうのは、この店にいないでしょ？　ひょっとして、ひょっとしたらさ、これって私の血を吸った奴じゃない？」

守田姉がそう言ってのけた。そう——彼女は、イケメン吸血鬼にかつて血を吸われたことがあるのだ。

「その可能性もある……が」

フユが腕組みをしてチラシを睨みつける。

「だって夜しか出てこなくて、西洋人風で、マスクして帽子してこの近所を歩いているのって怪しいでしょ？　それになにより――気配を感じるんだよね。血を吸われて、奴の眷属《けんぞく》っていうか……言いたくないけど、奴のしもべとやらにされちゃった後遺症で、なんとなーく、あいつがいたあとの空気はわかっちゃうっていうかさー」

「そうなの？」

それは初耳だ。

「そうだよ。血の匂いがね、するんだよ。あんたたちみたいな平和な牛乳の匂いや、甘いお菓子の匂いじゃなくて……血の香りが空気や地面に残ってるの。奴は血に飢えた獣なんだよ。ああ見えても」

伏せた守田姉の顔が、すーっと青ざめる。嫌なものを噛《か》み砕《くだ》いたあとみたいな、なんとも言えない感じに唇を歪《ゆが》めた。

「たとえネット上で『テラ吸血鬼ワロス』って叩かれて画像あちこちにばらまかれてても、『堕天使かって？　悪魔かって？　いいや俺は乙女を惑《まど》わす吸血鬼。それが俺流』って変なコピーと一緒に笑えるコラを作られてても……奴は吸血鬼であることをやめてないんだと思う」

「どんどん悲惨になってきてるね……」

ひどい。

「そう。むしろ、それが奴の気持ちを煽《あお》ってるんじゃないかな。最近になってあちこちの匿名掲示板で反論してる奴いるじゃん。『吸血鬼は高貴な生き方。下賤《げせん》の民にはわかるまい』とか『ノブレス・オブリージュというものを貴様らは理解できまい』とかって書いてるの。一斉に『本人乙』ってされてる書き込み。あれって……」

守田姉が真顔でハルを見た。

「あれねー、僕も気になってたんだ。調べてみたらほとんどがネカフェのPCから書き込みしてるよね。口調がいつも同じだし、句読点の打ち方に特徴があるから、同一人物かなーってわかっちゃう！」

ネットの話題はおまかせなハルが、すぐにそう返した。

「ああ、ハルに言われて俺も見せてもらった。その書き込みがまた、どんどんヒートアップして揚げ足とられてたな。血を吸うなんて野蛮《やばん》なことを『高貴』と置き換えられるのは、中二の魂を持つ者にしか無理だ。あの痛々しさは、オールドタイプの吸血鬼本人っぽかった」

「なにが痛いかって、『お前本人だろ』って匿名掲示板で指摘されてさ～、『なにを根拠にそんなことを言うんだ』って言い返してるところ。それで『IP調べればわかる』とか『特定しました』って返事が来たら、しばらく書き込みがなくなって……。でも、すぐに他の掲示板で同じIPで『書き込みで相手のことがわかると聞いたがそれは本当だろうか』って相談してるのっ。うっうー。かわいそうに」

「あの……ええと、ごめん。IPってなあに？」

途中から音斗にとっては難しい単語が交ざってきたのでハルに尋ねる。

「IPアドレスって、接続しているプロバイダによって割り振られているもののこと。ネットでの書き込みの、その数字を見ることで『どこのプロバイダで接続しているか』まではわかるよ～。でも、通常は、それだけ「しか」ばれない。IPが抜かれたと言われても、そこで動揺する必要はないもんなんだ～。ていうかさ、いまどきはみんなラインだツイッターだフェイスブックだって、顔写真出して、住所出して、いまどこにいるかも画像つきで情報出してて、そっちのほうが怖いっていうね～」

「そうなの？」

「そそそ。みんな気軽に『豪雨になった』とか『虹出た』とかネットでつぶやくじゃん。ああいうののほうが、住所って特定できちゃうんだよね。気象情報はすぐに調べられるし、その画像に特徴のある建物とか川とか山が映ってたら、僕だったらちょっと調べたらその人の住まい把握しちゃう～。調べないけどさっ。それはそれとして、中央区《ちゅうおう》のネカフェを太郎坊と次郎坊に見張らせてる昨日今日でーす。オールドタイプの吸血鬼が書き込みの主なら、そのうち僕の網に引っかかるはず！」

「あいつ、金もないんだろうしな。本当にかわいそうになってきた。占い師が唯一の仕事だったとしたら、その稼業を停止させた俺たちが悪かったな。いまどうやってネカフェの代金を払っているのだろうな。反省してる。俺たちはやり過ぎた。金がないのはつらいことだ。俺たちは昼間起きられないから職安にも行けない。そもそも職安のことをあいつは知らないんじゃないだろうか」

職安に通う吸血鬼か……。

「あのね、もしそれが本当に吸血鬼の人だったら、聞けば聞くだけ、吸血鬼の人がかわいそうになってきたよ。それってネットでのイジメみたいなものだよね？　たったひとりの人に、匿名掲示板で、名前も名乗らない人たちがよってたかって、ひどいことを言うんだよ？　どうにかして助けてあげられないのかな」

音斗が必死で訴えると、ハルが「そうだよね～」とうなずいている。

「あいつは――あの旧式でポンコツで野蛮人でまるで蚊のような生き方をしている、血を吸う吸血鬼には――なにかあったときに悩みを相談する相手もいないいんだろうな」

ぼそっとフユが言う。どこか悲しげな言い方で。

「仕方ないよ。だっていままであいつは、血を吸うことでしか知り合いを増やせない生き方してきたんだもーん。ぼっちでいることを『選民意識』っていう言葉でくくって、無理にプライド保ってたかわいそうな男なのさっ」

「……あんたたちにかかると、本当なら怖いはずの吸血鬼がただの道化師になっちゃうのが、なんだか微妙だわ。そんな男に血を吸われて、半分吸血鬼化してる私の立場は――」

守田姉が虚ろな目になってつぶやいている。

「細かいことは気にしない～。そうだ。吸血鬼ダイエットっていう本を一緒に出さない？」

ハルが明るく言って守田姉の手を取った。

「はあ？　なに言ってんのよっ。あんたたち、危機感なさすぎっ。心配してチラシ持ってきて損したっ」

守田姉がハルの手をパシッと払いのける。むっと唇を尖らせた守田姉の耳のところがふわっとピンクになっていて――音斗はそれを見て「あ、守田さんと同じだ」と、自分の好きなほうの「守田」のことを思った。表情に動揺が出ないまま、耳だけが赤く染まることがあって……。

――そっか。守田さんのお姉さん、僕たちのこと心配してくれているんだ。

「ありがとう。守田さんのお姉さん。これ『裏新聞』っていう、うちの中学校の新聞局で発行しているものだと思う。もしかしてここに書いてある『変質者』がオールドタイプの吸血鬼で、吸血鬼が中学生男子を狙ってこの近所をうろついているとして……それはなんでだろう？　守田さんのお姉さんに会いたいなら、女の子を捜すと思う。中学生じゃなく高校生を狙うよね」

音斗が確認のために、疑問を口に出す。

「うーん……。だよな。あいつ、乙女の生き血しか吸わないって言ってたのに、どうして男子を捜してるんだろ」

「……あいつがよく知ってる男子中学生っていうと」

フユとハルと守田姉の視線が、ふっと音斗へと集まる。

「え？　なに？」

聞き返した音斗に向かって、ハルとフユが同時に叫んだ。

「「音斗くんを捜してるんじゃ？」」

そして――変質者疑惑をはらすべくフユたちが取った対策はというと――。

「俺たちの目の色と髪の色をアピールするようにしよう。蒼い目と金髪の人間はここにいないということをお客様たちに周知させる」

そんな厳命のもとに、フユもナツもハルも、訪れる客たちに接近し、目を覗き込む作戦を敢行した。

客だけではなく夜にそのへんに出かけて近所の人たちに会うと、すかさず、ぐっと近づいて挨拶することになった。

「……なんか女性客がさらに増えた？」

音斗たちに『裏新聞』を持ってきた五日後——守田姉がやって来て、寝る支度をしていた音斗を捕まえて、話しかけてきた。守田姉は、フユたちに言われて「旧式吸血鬼捕獲大作戦」の作戦会議に参加することになったらしい。

——このままじゃ僕が狙われるかもしれないからって。

「てゆーかぁ、あんたんとこの人たち、ホストっぽいよね。特にフユさん。昨日も犬の散歩してる近所のおばさんに、するするっと近寄って『こんばんは。またお会いしましたね。この時間にいつも犬の散歩をしているのですか？　明日もまた会えるかな』って、相手の手を握ってたよね」

フユの声真似なのか、低く、落ち着いた声で台詞部分を言ってのける。

「フユはそうかもね〜。でもナツは違うよっ」

守田姉の前に店から戻ってきたハルが座り、応じる。

「あの人はあの人で、無言で近づいて、じーっと見つめてから、やっぱり無言で離れてくってのも、やられたほうは誤解するって。しかも離れたあとで、緊張でプルプル震えて、転んだりしてんじゃん。あれ、どうかと思うわ」

「その点、僕は昔から揺るぎなく接近癖があるから、いまも昔も変化ないしね～」

「ああ……。それもそれでどうかと思うわ……。ホストパフェ屋だよ、ここ。ホストパフェ！　変質者疑惑を免《まぬが》れたとしても、次はこんないかがわしい店はならんって、商店街の組合で文句出るかもよ？」

守田姉と話すために、フユも店を抜け出してやってきた。

フユは三個のチョコパフェを載せたトレイを持っていた。バナナとアイスとホイップクリームが重ねられたうえに、たっぷりの、カカオの香りが濃厚なチョコレートソース。

寝る前だけどフユが出してくれるということは食べてもいいのだろう。音斗は、目の前に置かれたパフェにスプーンを差し入れ、ぱくっと食べる。

「守田さんのお姉さんの、旧式吸血鬼に対するセンサーを貸してもらいたいんだ」

　フユが単刀直入に守田姉に言う。

「……私の身体の外部に取り付けてある機械じゃないんだから。貸し借りは無理」

　――血を吸う吸血鬼のこと、捜すつもりなんだ？

　うーん、と音斗は思う。音斗が「オールドタイプの吸血鬼」に捜されていて――フユたちは「オールドタイプの吸血鬼」を捜そうとしている？　でも、どうして？

「フユさん、どうして血を吸う吸血鬼のこと捜したいの？」

　音斗はバナナをごくんと飲み込んでからフユたちに聞く。

　ハルが音斗を見て、にっこりと返した。

「音斗くんのことを守るため！　それから、ネットの利用方法に関して意見しときたい～」

「ああ……そうなんだ」

　が、フユはまた違う意見があるようで、眉間《みけん》にしわを刻んで腕組みをして、言う。

「ネットの問題だけじゃない。あの旧石器時代的な吸血鬼は、戸籍もないだろうし、失業してても職安にも行けない。俺はいままであいつのことを家のないニートだと思ってた。でも、今回のことであいつについてよーく考えた結果、あいつの家はこの札幌――というより、日本というか、世界なのかもしれんと思い至った」

――世界？　世界が家？

「視点を変えてみると、浮浪者ってのはそういうもんなんだよな。地球丸ごとを家にしてさすらっている。あいつも、そうなんだろう。しかしな、地球規模のニートにはニートの言い分があるんだろうが、働いて稼いでいる派の俺には俺の言い分があるっ」

「……ええと？　フユさん？」

なんだかまた斜めな方向に論点がずれているが、大丈夫だろうか？

「働かないで、引きこもって、他人に寄生して食べていくという生き方を主義として、奴が貫くのならそれは仕方ない。だが自分が地球規模でニートで、全人類にぶら下がって生き血という糧《かて》をかすめとっている、全世界の乙女対象の働かないヒモ亭主であるということは認識してもらわねば、俺は俺で納得がいかんっ。守田さんのお姉さんみたいな、高校生にまで依存しやがって！　次は人魚狙いだと？　阻止しなくては」

「人魚を本気で狙ってるかは、ちゃんと突き止めてみないとわっかんないけどねー」

「……その発想はなかったわ～。吸血鬼って全世界の乙女のヒモなんだ……」

守田姉が感心したように言った。

「その通りだ。生き血を啜《すす》るかのような悪行三昧の、ぐうたらニートなヒモっ」

「フユさんの怒ってる部分、なんか……違うよ～」

音斗はポカンとしてから訴えた。まったく……どこに向かうのこの話題？

――でも、フユさんたちなりにオールドタイプの吸血鬼のネットイジメを阻止しようとしてくれているってことなのかな？

「あのさ……もし吸血鬼の人がハルさんやフユさんの意見を聞かなかったらどうなるの？」

「どうなるのかな。喧嘩《けんか》でもするか」

フユが言う。

「えーと、フユさんたちは吸血鬼と喧嘩して、そして友だちになるの？　力いっぱい殴り合いの喧嘩をして、それでお互いを認め合う？」

ハルが音斗の質問に「お」と目を丸くした。

「それ、憧れなんだよな～。男はやっぱりガチ勝負‼」

うっとりとつぶやくハルを見て、音斗は両手の拳をテーブルにコツンと置いて、みんなの顔を見回して言った。

「もし本当に僕のこと捜してるのなら、僕、囮《おとり》になるよ。いまはテスト期間中だから勉強優先だけど、それが終わったら、毎晩、吸血鬼の人に見つけてもらいやすそうな道をうろつく。僕、試験が終わったら、おじいちゃんとの約束を果たすためにプールに通おうと思うんだ。泳げるようになって、僕が丈夫になったってことアピールする」

「…………」

「だからフユさんたちはプール通いする僕のこと見張って、それで吸血鬼さんを捜して？　で――ネットでイジメられたりされないように伝えて、それからちゃんと喧嘩しようよ！　一対一で！」

拳でわかりあう形の喧嘩。音斗もしたことのないそれをしたら、ひょっとしたらみんなわかりあえるのか？

フユの綺麗な目がすっと細められる。どうしようかと考えるように首を傾げ、眉間にさらなる深いしわを刻んだフユを音斗は真っ向から睨みつけた。

「僕を危険な目に遭《あ》わせるわけにはいかないとか、いまさらそんな常識的なことは言いっこなしだからね！　僕が囮になるから、フユさんたちは死ぬ気で僕のこと見張って、守ればいいだけだよっ。それができないフユさんたちじゃないでしょ？　全力で僕を守って。それで、守田さんのお姉さんにお願いするのは禁止！　女の子に危ないことさせちゃ駄目だから！」

「なるほど……。音斗くんは根っから男の子だな」

しばし睨み合い——とうとう、フユがくすりと笑った。

「そういえば音斗くんは、家出してうちに来るって選択肢を選ぶ子だったたな。音斗くんは、意外と、やるときはやる子だ。俺たちが止めても、きっとひとりで『旧式吸血鬼狩り』をするんだろうな。あいつの味方がいるって伝えるために。ネットでイジメられてるあいつのこと助けたいって……」

「うん」

「じゃあ、全力で音斗くんのこと守るよ」

「うんっ」

音斗は強くうなずいた。ハルが「やったー。殴り合いの喧嘩、後、友だちー」と勢いづいて喜んで、守田姉は「おお……」と唸《うな》って、音斗のことを見つめていた。

「それから音斗くんのカナヅチ対策にも全力で協力してやる。俺たちは誰も泳げないけどな」

フユが鷹揚《おうよう》に笑った。


宣告したとおりにテスト期間は囮行動は禁止だ。まず学業優先。とはいえ普通の行動範囲内で、音斗に対しての見張りがついた。太郎坊たちだったり、フユたちだったり、そのときどきで違う見張りが、期間内に「旧式吸血鬼」を見つけることはなかった。

コツコツと岩井たちと勉強しているうちに、テスト期間が終わった。

テストの答案もすぐに戻ってきた。

音斗は無事に学年三位になり、岩井はとにかく赤点をまぬがれてホッとしていた。

岩井の母親はまだ不服そうだったが、次の二学期中間テストでさらにがんばると言い切った岩井に免じ、部活許可を出したとのことだ。タカシはというと、もともと成績は悪くなかったらしく、飄々《ひょうひょう》と試験結果を受け止めていた。

すべてのテスト結果が出た日——音斗はまた体育準備室の跳び箱にこもっていた。

「あのね、いつも跳び箱に入れてくれてありがとう」

疲労が溜《た》まってまたもや発熱してしまった音斗は、ドキドキしながら、跳び箱の隙間から、岩井とタカシの顔をそっと覗き見る。

「いいっすよ。こういうのも慣れてきたっすから」

「おうっ。ドミノにはテスト勉強で世話になったしな」

そう言う岩井の声は、少しだけ暗い。まだ失恋の痛手から癒《い》えていないようだ。

——岩井くん、まだ「人魚姫」のこと思っているんだな。

音斗は、岩井の気持ちを考えると切なくなる。ひと目惚れした人にそれきり会えないなんて、つらすぎる。しかも、告白すらしないうちに、相手の瞳孔が閉じているのを見てしまったなんて。

タカシも音斗も岩井をはげましたいのだが——どうするのが正解かわからず、右往左往しているのだ。

今日の岩井は「はあ〜」とため息を漏《も》らしてばかりだ。友だちの元気がないと、自分も元気がなくなっていく。

――切ないよなあ。

好きになってしまったことの、意味も、使い道もわからない。それでも恋に落ちてしまうのだ。その人のことを見たときに、自分の胸のなかにぶわっと空気を入れられたみたいに心が膨《ふく》らんで、ふわふわする。風船みたいに飛んでいきそうだけど、相手の些《さ》細《さい》なひと言や、視線ひとつが、針になって、膨らんだ心をぶちっと刺す。

彼氏とか彼女とか、つきあいたいとかそういうのはまだずっと先。

ただ、ただ、ずっと――「好きになっちゃった」という、自分の感情を抱えて、どうしようかと戸惑って狼《うろ》狽《た》えている。

岩井がどうかはわからなくても、少なくとも音斗はそんな感じだ。

「岩井っち、またため息ついてるっすよ」

とうとうタカシが眼鏡を押し上げながら、そう指摘した。

「うん。ごめん。せっかく試験が終わったっていうのに、俺ったらずっとどんよりしてて……悪い」

「そんなの。岩井くんは悪くないよ」

しゅんとした岩井を見ていたら、音斗は思わずそう口に出していた。

「そういやドミノの体力作りの手伝いもしなくちゃだよな。試験終わったら泳ぎの練習しようって約束してたよな。いつからにする？　今日から？」

無理に気持ちを引き上げるかのような岩井の口調に、タカシが困った顔になっている。

――岩井くん、自分はつらいのに僕の体力作りのことも約束守ろうとしてくれてるんだ。

音斗の胸がじわっと熱くなる。

「岩井くん、『人魚姫』さんと、また会いたい？」

音斗の口からストンと言葉が零《こぼ》れ落ちた。

岩井とタカシがハッとしたように音斗の閉じこもっている飛び箱を見る。

「わー。馬鹿っ。そういうこと聞くな。そういうこと言われると……」

岩井は頭を抱えてうつむいて――ちょっとだけ押し黙った。

自分で自分に問いかけるような沈黙のあと、岩井はそうっと顔を上げる。

「言われるとさ、もうあきらめなきゃと思っているのに、また会いたいって思っちゃうから。相手は大人で、俺は中学生で、もしまた会えたとしても好きになってもらえる見込みはないんだってわかってるのに……もう一度会って、もうちょっとだけ長く話したいなんて考えちゃうから……」

話しているうちに岩井の声が迷うように小さくなっていく。

――もう一度会って、もうちょっとだけ長く話したいって。

その気持ちは音斗にも痛いくらい理解できた。

「……ってこういうこと話すの、ハズイ。うーっ」

岩井は口ごもり、顔を真っ赤に染めた。

「オレ、岩井っちがまた会いたいって言うなら、その人を捜す手助けするっすよ。大通公園で夜に張り込みだってしてやる」

タカシが勢いづいたようにそう言った。音斗も飛び箱のなかで大きくうなずく。

「うんっ。僕も手伝うよ。夜だったら僕、日差しがないから普通に出歩けるし、役に立つかもしれない。それに僕、テストが終わったら、夜の散歩をしなくちゃならないから」

「しなくちゃならない？」

岩井とタカシが不審そうに聞いてくる。

——どう言ったらいいのかな、これ。

「実はタカシくんに頼みがあるんだ。『変質者』のこと書いてる『裏新聞』の号外を見たよ。それで、できればいままでの聞き込みの内容を、教えてもらえないかな。僕が知りたいのは、襲われた中学生たちがだいたいどのへんで『変質者』に出会ったのかと、出現状況の共通項」

——もし『変質者』が音斗の知っている『吸血鬼』だったとしたら？

「もう少し犯人のあてが確信できるかもしれない。あと、岩井くんの人魚姫なんだけど、もしかしたら手がかりがあるかもしれない」

「ええ？　ほんとか？」

「岩井くんは携帯電話持ってるんだよね。僕、そういうの持ってないからさ、僕のかわりにサイトを見てもらえるとすごく嬉しい。メモ持ってきたから、これ……。もしくは『8ミリ映像　札幌　ブログ』で検索でもいいかも……」

冷蔵庫に貼られていた名刺はヒントのひとつのはず。

ハルに見つからないようにしてこっそり神崎のブログのアドレスをメモして持ってきた。大人たちに知られないように、音斗たちは音斗たちで、岩井の『人魚姫』を捜すのだ。

「実は知らないあいだに『K中の人魚捜し』が僕とハルさんとの勝負みたいになっちゃってて、ハルさんは僕に混乱するようなことを言ってくるんだよね。だから僕の頭のなかかも雑然としちゃってて……ふたりの意見を教えて欲しいんだけど……」

音斗はふたりに、話せる範囲内でいままでのいきさつを説明しはじめた。

5

部屋の壁にかけられたカレンダーが捲《めく》られる。

七月――。

日中は気温が上がっていても、夜には心地よい風が吹く。

音斗《おと》たちは夜の九時過ぎ、大通《おおどおり》公園を通り越して、K中の校舎へと歩いている。

思い思いの装備を鞄《かばん》に入れて、夜の街に飛び出した三人の中学生男子＋ハルである。

「……夜遅くに出歩くのってたしか校則違反っすよね」

音斗の隣でタカシがつぶやいた。

「そうだっけ？」

きょとんとしている岩井《いわい》を見て、音斗は申し訳なさでうなだれた。

「ごめんね。違反させることになっちゃって」

「なに言ってんだよ。こんなおもしろそうなことドミノひとりでやるなんてずるいし」

「そうっすよー。オレ、デジカメ持ってきちゃいましたよ。うまくいったら『新聞局』で先輩たちに写真見せて、オレの初スクープ記事になるかもしれないじゃないすか。やっと『裏新聞』にオレの記事掲載になるかも。月一だけじゃなくまた号外出せたら嬉しいっす。『噂の変質者、捕まる！』って」

タカシの鞄にはデジカメと筆記用具。岩井の鞄には携帯電話と野球のボールとお菓子と飲み物。そして手には野球のバット。音斗の鞄には疲れたときの非常食としてチーズ。

そして、ハルは手ぶらだ。

「結局、僕のひとり勝ちだったね！」

ハルは意気揚々としている。そっくり返るくらいに胸を張っているハルに、

「はい。僕の負けです。人魚の謎はハルさんが先に解明しました。だから僕たちを人魚に会わせてください」

と音斗が頭を下げる。

「もちろん〜」

ハルはとてもご機嫌だ。

岩井に検索してもらい、行き着いた「神崎《かんざき》さん」のブログに『人魚姫をモチーフにした映像を作成中です』という記事があった。公開予定は八月で、公開のための会場はまだ未定——ただいま交渉中なので、もし「うちで上映するよというお店や会場がありましたら、声かけてください」というひと言があった。

——八月になって検索したら出てくるはずの『札幌《さっぽろ》の人魚姫』はこのことで、それに、岩井くんが出会った人が出てる可能性は高いんじゃないかな。

ハルとの間で勝手にはじまった勝負事について相談すると、タカシが冷静に「別にその勝負負けてもよくないっすか？　頭下げて、謎を教えてくださいって言ったら、人魚のところに連れていってもらえるんじゃ？」という意見を音斗に与えてくれた。

アドバイスに基づいた結果、みんなはこれからハルに連れられて人魚の謎を解明しに行くのだ。

「ドミノは紫外線がだめだって言うんなら、夜しか出歩けないしさ」

「それに、そんなときにひとりは大人の人もいるから安心っす。ドミノさんちはこういうときに率先して引っ張ってくれるノリのいい兄さんがいていいっすよね」

岩井とタカシが交互に言い合う。

音斗たち三人の少し後ろをハルが跳ねるように歩いている。

「そうでしょ？　僕っていう保護者同伴だから厳密には校則違反じゃないんじゃないかなー」

――ハルさんは保護者枠じゃない気がする。

心のなかでだけそう返した音斗である。

もしかしたらと思いながらも、神崎には連絡を取れないでいた。だって「あなたが撮影している映画のなかの人魚姫にひと目惚《ぼ》れしました」なんて書いて送れるわけがない。それに神崎が『人魚姫』の恋人の可能性だってある。

ぐるぐると考え込んだ音斗たちだった。音斗たちは中学生で、へなちょこだ。そして相手は大人の女性だ。

それでもひと目惚れしてしまったんなら仕方ないじゃないか。どんな立場であろうと、好きになってしまうのが、恋だ。どうせ叶《かな》わないとわかっても、やめられないのが恋だった。

「でもさ、まさかドミノんちの人が、K中のプールに夜に忍び込めるあてがあるって言いだすとは思わなかった。こういうのちょっとウキウキするよな」

岩井が気を取り直したようにそう声を張り上げる。

「そうっす。うまくいったら『人魚』のスクープもつかめるかも！　人魚の正体は実は……みたいなのを！」

タカシも意気込んでいる。

「うーん。『人魚』に関しては、リアルで見ちゃうとがっかりネタだからオススメしない物件なんだけどね〜。実際に目で見たほうがいいから僕から事前に種明かしはしないけどさっ。そんなにたいしたネタじゃない」

タカシの声にハルが振り向いて、くすくす笑った。

「そんなこと言わないでくださいよ〜。スクープ狙ってるんすから！　いなかったとしても証拠になる画像があれば『人魚なんて実はいなかった』っていう告発記事ができるじゃないっすか」

「そう言われてみればそうだね〜。な〜んだ。音斗くんにヒントをいくつか教えたら、きみたちも事実に到達しちゃってる？」

「……たぶん」

三人でバラバラに、同じ返事を答えた。

たぶん。本物の人魚はいなくて、映画の題材になっている偽物の人魚姫がK中のプールに泳いでいる。音斗たちはみんなで頭をくっつけあって考えて、その結論に達した。

噂は映画公開前の宣伝みたいなもの。だから最近になって拡散された。

——おもしろいことが大好きなハルさんは、きっと神崎さんに連絡を取って……。

ハルだけはきっと誰よりも先に真実に到達していた。

「……玉砕するならするで、もう一回、確かめたい。海の泡になってもいいんだ」

岩井が詩人めいたことをつぶやいて、野球のバットでトントンと自分の肩を叩《たた》いている。

ハルの耳に届いていないかを確認する。ハルはこちらを見ていない。

音斗は、ふーっと息を吐く。

いくつもの糸が無駄にからまりあっているように見えて、実はからまってなどいないのだ。ぐしゃっと丸まって、こんがらがっているような糸の玉。でも、どれか一本の糸を引いたら、す——っとすべてがいい感じに抜けて解きほぐされていく。

抜き出すための「最初の一本」が大切。

岩井がひと目惚れした人が『人魚姫』だとハルたちに隠しているから、ちょっと回り道をして辿りついた事実。教えたらハルはすかさず『岩井の人魚姫』を捜してくれたはずだ。が、音斗たちはそうしたくなかった。

自分たちの力と知恵で、そこに行き着きたかった。だって岩井は音斗の友だちだから。

——結局、ハルさんの引率になっているけど。

ハルの後ろをついていく三人は、ときどき思いだしたように後ろや、周囲を見渡す。こちらはもう一つの目的。

——音斗を、捜しているかもしれない誰かを警戒しながら、歩く。

「ドミノ……」

岩井が近づいてきて音斗のシャツの裾《すそ》を軽く引いた。目配せして、油断なく視線を回す。

夜を歩く秘密の少年団。音斗たちなりの冒険譚《ぼうけんたん》。

「プールに辿りついたらわかることだね。人魚の真相〜そして僕の連勝〜。推理合戦だって僕は負けないからねっ」

——僕、戦ってないけど……。

ハルの茶色の髪がふわふわと跳ねる。ピカッと光った月が音斗たちを空から見下ろしている。ハルは、月のうさぎみたいに、ぴょんぴょんと弾《はず》みながら誰よりも速く、横断歩道を渡っていった。

昼間は開かれているK中の校門は、夜になると完全に閉じている。細い隙間のある鉄柵の扉には、がっしりとしたシリンダー錠がかかっていた。

「どうやって入るの?」

音斗たちは一斉にハルを見た。ハルは肩をすくめ、

「通用門っていうか、裏口があるでしょ」

と、音斗たちにひらひらと手を振って、先に立って歩いていく。学校の校舎の裏側へとぐるっと回ってみたが、こちらも正門と同じに鉄柵の扉に鍵つきだ。

「鍵かかってるよ？」

「うん。鍵だけじゃなく本来はこの門や、学校をぐるっと囲ってる金網のフェンスを乗り越えると、それだけで警備会社の人と警察が来る。いまどきの私立中学校は警備会社と契約して、警備してもらっているところのほうが多いからね。プールももちろんそう。勝手に侵入したら、警備会社の取り付けた機械が反応して、侵入十分後には警備員と警察がやって来て、侵入者を捕まえちゃう。……でも今夜は、来ない」

ハルが懐《ふところ》から鍵を取りだし、シリンダー錠の鍵穴へと差し込む。ひゅっと回すとカチャリとちいさな音がして鍵が開いた。

「ハルさん？」

岩井とタカシも「おお！」と驚いている。「早く、早く」とハルは音斗たちを学校の内側へと入れてから、自分は外側に立って、裏門の扉を閉めた。

「え？　ハルさんは？」

「このタイプの鍵は内側に入っちゃうと施錠できないから。きみたちを校内に入れたら僕はここで鍵をかけてぶらぶらと月見して、きみたちのこと待ってるよ。こういうのはさ、大人が交じるとつまらなくなるもんでしょ？　プールの鍵もどうにかなるはずだよ。だから僕の勝利の結果を味わいながら冒険して、謎解きしといで！　少年たち！」

ハルは一度開けた錠を、また閉める。

柵の向こうにちょっとだけ傾《かし》いだ形で立って、ひらひらと音斗たちに片手を振った。

夜の学校は不思議だ。昼と同じ校舎でも、まったく違うものに見える。ましてやここは音斗たちの学校ではない。

生徒と先生というういつもいるはずのものが欠けた校舎と学校空間は、なんとなく歪《ゆが》んだ空間に感じられる。

音斗はたまに『マジックアワー』で使うクッキーを焼く手伝いをすることがある。メープルパフェのトッピングに、星の形や、花の形で型抜きして焼いた薄いクッキーを使うのだ。

型で抜いたあとには星や花の形に穴のあいた平たい四角のクッキー生地が残る。

そういえばあの残った生地を、フユはいつもどうしているのだろう。

——生徒と先生の抜けた学校の空気って、あのクッキーの残り生地に似てる。

「夜の学校って、取り残された建物って感じがするね」

「ああ。なんか……わかるかも」

生徒や先生たちの人型が、空間にぼつぼつと暗い穴をあけているように感じられ——薄ら寒い。

どこか不気味で——でも妙に胸が高揚する。

なかに入ってすぐに、岩井は内側からフェンスの金網に触れてガタガタと揺らした。向こう側で待っているハルが「なにやってんのー?」と屈託なく笑っている。

「ドミノ、ドミノ。これ、上ってみろよ」

「えぇー?　もうなかに入っちゃったのに?」

「そういうの気にすんなよ。途中まででいいから。怖くないよ。ドミノは高いとこ駄目なわけじゃないもんな?」

岩井がバットを持ったまま腕組みをし、ふんぞり返って音斗に言う。

「岩井っち、小学校んときも近道だからって市営グラウンドのフェンス上り下りして行き来してたよね」

「そのほうが早かった。それに高いところに上ると楽しい」

きっぱりと言われ、音斗はおそるおそる金網に手をかける。足もかけ、少しだけ上った。

「音斗くんたち、なにやってんの？　早く行きなよ～」

金網の向こうで音斗たちを見ていたハルが手足をバタバタさせて騒いだから「はい」と応じ、音斗は、ぎゅっと目をつぶって、えいやとフェンスの半ばから敷地内へと飛び降りた。足の裏がじんっと痺《しび》れる。

——飛び降りるって、こんなふうに足が痺れることなんだ。

はじめての感覚だった。地面が固いということを、足が、知る。知覚した足が、全身にその感覚を伝える。

「うん。ごめん。いま行くから」

音斗たちはハルに手を振って、フェンスから遠ざかり、学校の奥へと進んでいった。

「プールはあそこだよ」

事前にネットで学校の施設案内をチェックし、屋内プールの場所も確認していた。一度、校舎内に入ってから、屋内プールへと通じる通路を辿っていく。途中にある更衣室を素通りし、プールへとつながるドアを開ける。

ハルが言っていたように、鍵はかかっていなかった。

プールの手前、薄暗い、長い通路がある。通路の両側に連なるボタンつきのシャワー。

——水音がする。

屋内プールの明かりは灯《とも》っていない。が、内部のある一点に光源があった。誰かが、夜のプールにいる。丸い明かりを灯すライトが据え付けられて、プールの水面を照らしている。

音斗たちは顔を見合わせた。それから、足音を忍ばせて、プールへと歩いていった。

男が、いた。

プールサイドに寝転ぶように張りついて、機械を片手に、水面に向き合っている。

銃を構えた狙撃手みたいに、手にした機械でとある一点に狙いをつけたまま動かない。

「あれって……映画を撮る機械？」

「たぶん。はじめて見るね。あれが8ミリカメラっていうやつなのかな」

男が抱えている機械は、ビデオカメラに似たものだ。似たものとしか言えないのは、音斗たちの知っているビデオカメラはもっとコンパクトで、薄っぺらくて、どこかが「いまどき」の雰囲気を発しているからだ。

人の頭くらいのサイズのカメラだ。ピストルみたいな形をしていて、先っぽに大きなレンズがついている。

男が寝そべっているのは、プールの水面ではなく、水の底を撮影しているのかもしれない。

ちゃぷん、と、水が跳ねた。水のなかに生き物がいる。淡い光源に灯され、プールの底の色を映して、絵の具を溶いたような青に見える水の表面に、波紋が広がる。

音斗は脳裏で、ハルがここに来る途中で告げた台詞《せりふ》をゆっくりと解きほぐしていく。

『勝手に侵入したら、警備会社の取り付けた機械が反応して、侵入十分後には警備員と警察がやって来て、侵入者を捕まえちゃう。……でも今夜は、来ない』

――どうしてプールの鍵がかかってなかったのか。どうしてハルさんが鍵を持っていたのか。ハルさんはこの、機材を持っている人と、事前に連絡を取れる立場だった。

名刺に掲載されていた、手書きの文字。書かれていたのは警備会社の名前だった。

――神崎さん。8ミリ映画の映像監督。警備会社に勤めていて……。

この男の人の名前は――神崎。音斗は会っていないけれど、『マジックアワー』で自作の映像を流して欲しいと交渉に来た人。

「……人魚はどこにいるのかな？　その人、俺の人魚姫なのかな？」

岩井が言う。切ない声で言う。

と――水音がして、水中から女の人がふわっと浮き上がった。

ずっとプールの底を泳いでいたのか、妙にキラキラとした水着を着たその女性の濡れた髪が、顔に貼りついている。

「あ！　人魚姫！」

岩井が大きな声を上げた。

反響する声に、室内の空気がぷちんと弾《はじ》けたような気がした。水音だけしかしなかった空間は固まりかけたゼリーみたいだった。その、柔らかいけれど凝固した空気を、岩井の、子どもの声が破った。

両手で顔を拭《ぬぐ》った女の人が、唐突な声に驚いたように岩井を見た。機材を抱えた男の人も、機材から顔を離して音斗たちのいる出入り口を見る。

「きみたちが『マジックアワー』の子？　ようこそ」

男が立ち上がり、機材を持ったままスタスタと音斗たちのほうへと歩いてくる。

手持ちのなかで一番にこやかな笑顔を浮かべてみましたという表情で、片手を差しだした。

「ハルさんとフユさんから聞いてるよ。『マジックアワー』の場所を貸してもらうお返しに、きみたちに水泳を教えればいいんだよね」

音斗は呆気《あっけ》にとられて男の人——神崎を見返す。

——待って？　泳ぎの指導をこの人が？

それは聞いてない。夜のプールに忍び込めるし、人魚の噂を確かめるためにK中のプールに行ってこいとも言われたし、それでハルに連れられてここまで来た。

いまの音斗たちにとって『人魚を探る』のは重要な課題だった。

だが、音斗たちは、まさかここで泳ぐ練習をするつもりだったわけではなく……。

プールの水をざばざばとかき分けながら、女の人が音斗たちへと近づいてくる。

女性はプールのなかを、一、二歩、歩いてから、顔をしかめ、苛立《いらだ》ったようにその身を水中へと躍らせる。

クロールで泳ぐその女性の――下半身が水のなかでキラキラと輝いて見えた。

「うわ。人魚!?」

タカシが叫び、デジカメを女性へと向ける。波が立つプールの水に透けて、彼女の下半身は、金魚の尾びれみたいに赤い色を纏《まと》って、水中でたなびいて、揺れていた。

辿りつき、プールの縁に手を当てて、水から上がる彼女の足は――。

「……と見えて、実は人間っすよね? それ水着っすか?」

ビキニ型の水着のトップスと同じキラキラと光沢のある布地が、彼女の両足に長くまとわりついていた。すっぽりと足を覆う形のロングドレスに似たそれは、泳ぐのに向いている服装とはとても思えない。

「ドミノ……タカシ……」

岩井が音斗とタカシそれぞれの手を引っ張った。

おもしろそうなことがあれば目をキラキラと瞬《またた》かせ、捕まえようとするはずの岩井なのに、今宵は一歩引いている。

「当たっちゃったよ。ドミノの推理。あの人……俺の人魚姫だ……」

岩井らしからぬ小声に、音斗とタカシは「うん」と答えた。

件《くだん》の人魚姫は、水に濡れて重みを増した「尾びれ風スカート」を、両手でつまんで、歩いてきた。

ぺたぺたと歩く裸足のつま先。足首と踵《かかと》に注目する。絆創膏《ばんそうこう》は貼られていないが、痛々しい靴擦《くつず》れの痕跡《こんせき》が残っている。ぺろりと剝《む》けた皮に、生々しい傷跡。

神崎が映写機を掲げ、人魚姫の足もとを接写した。『人魚姫』の映画に使うのだろうか。

太郎坊と次郎坊を遣《つか》いに出して人魚を捜していたハル。遣いに出て走っていた太郎坊と次郎坊を見つけ、語り合う言葉の意味深さに惹《ひ》かれて、追いかけていった岩井。

その先にいた――人魚姫。

結局、本物の人魚はいなくて――。

言わなかったこと。言えなかったこと。言いたくなかったこと。

チクチクと胸が痛いような気がするのは――岩井の顔が真っ赤になって、バットを握りしめている手がちいさく震えているから。

「うっわー。このあいだの子だ。絆創膏の……。あのときはありがとう。すごい偶然だね。あのあとで、やっぱりお金を渡しといたほうがよかったなーって悩んだんだ。会えてよかった。あとで絆創膏代、払うね」

人魚姫がパッと笑顔になって、歩いてくる。

――偶然じゃないよ。僕たちがあなたのこと捜したんだよ。だからこれは必然なんだよ。

岩井はそんなこと、言わない。音斗も思うけれど、口には出さない。

――だってこの人、大人の女の人だ。

じっと見るのが恥ずかしくなるような、目のやり場に困るような女性の身体の上半身を覆《おお》っている、ほんのちょっとの布地。下半身は長い布で覆われていたが、『人魚姫』は光を受けて輝く、光沢のある赤とか金色の布地を腰から引《ひ》き剝《は》がす。その下に身につけているのも、水着で——思わず目を逸《そ》らしてしまうような露出度で——。

——人魚姫なんかじゃなく足がちゃんと、あって……。

その足には靴擦れの跡があって。

岩井が手渡したという絆創膏はもうとっくに剝がされていて。

「少年、なんで野球のバット持ってるの？　きみたち泳ぎの練習に来たって聞いたよ。水着は持ってないって聞いたからこっちで用意したよ。さ、着替えてきて」

明るく言う『人魚姫』の声は、かすれてなんてない。神崎をうながすと、神崎がプールサイドの傍《かたわ》らにあった袋を取ってきて、音斗たちへと手渡した。

岩井は顔を赤くしたまま、プールサイドのタイルの床のあたりをじーっと見下ろしている。

「バットは……なにかあったときに武器になると思って。俺にとってはこれが一番使いなれた道具だし」

「武器？　私、倒されちゃうの？」

　鈴みたいな笑い声が響いた。

「あの、泳ぐって、なんすか？」

　岩井と人魚姫のやり取りに割って入ったタカシの質問に、神崎が「あれ、聞いてない？」と驚いたように答えた。

「ハルさんとフユさんにお店を貸してもらう条件として、ひと晩できみたちの泳ぎを上達させることって言われたんだよね。それで今夜、ここで待ってた」

「……聞いてないです。それに、ここで待ってたって？」

　音斗たちは「こっそり忍び込んだ」つもりだった。なのに「待ち伏せ」されていた？

「いくつか聞かせてください。あなたは神崎さんっていう人っすよね？」

　タカシが鞄のなかから筆記用具を取りだしてメモをしながら質問をはじめる。眼鏡の奥の目が真摯《しんし》だ。

「ああ。そうだよ」

「神崎さんは、８ミリフィルムで映画を作ってるんすよね。ブログ見ました。それから別情報で、このプールの警備は、神崎さんが働いている警備会社の仕事で、だから神崎さんはここにこっそり忍び込めるんだってことも突き止めてます。神崎さんは自分が勤めてる警備会社に内緒で忍び込んで撮影してたんすよね」

　眼鏡を押し上げ、タカシが告発する。

　が——神崎の返答は拍子抜けするようなものだった。

「……半分合ってて半分違うよ。警備会社に秘密でこんなことして、ばれたら僕は失職しちゃうからね。今日はちゃんと会社と学校に許可を取ってここに来てる」

「え？　許可ってどうやって？」

「フユさんが一昨日《おととい》の夜かな？　うちの会社のトップと話をして許諾してもらったらしいよ。きみたち三人の元気がないからサプライズだって聞いてる。テスト勉強していたんだって？　テストが近づくにつれて三人のテンションが下がっていって、テスト後には三人でたまにため息ついてたから、大人としては勉強の気分転換をパーッとしてやりたかったんだそうだ。あとハルさんて人はガチ勝負の結果がどうとかって熱心に言ってたよ」

　そこまで言って神崎がちょっと溜《た》めてから、続ける。

「伝言で『僕のほうが偉《えら》い。先に推理しきった僕を誉《ほ》めるがいいぞ』って」

「ハルさん……」

と音斗は脱力した。

「ため息ついてて、元気がないからって……そうか。俺のせいだ、それ」

岩井がつぶやく。

「岩井っちは悪くない」

タカシが岩井の肩を叩いた。

「そもそもK中の人魚の噂って、誰が流したんすか？　神崎さんが？」

そしてタカシはすぐにきりっと顔を上げ、ぐいぐいと神崎に突っ込んでいく。

「ああ。それの発端は僕だ。酔っぱらったときに友だちに、K中プールに人魚がいるっていう与太話《よたばなし》をしたら、その話だけが広がっちゃったんだよ。警備会社勤務の与太話だね。まさかその話題にこんなにみんなが食いつくとは思わなかったし、ネットにその話を流した友だちもびっくりしてた」

音斗はまたもや噂に踊らされてしまったらしい。

「それで、僕は逆に『人魚姫』の映画を撮ろうって思いついたんだ。こんなにみんながが食いつくようなネタなら、それで一本、映像撮ってみるのもいいなって」

「え、映画作りは噂の後なの？」

「そう。それに僕の映画の人魚姫はプールでなんて泳がない。海で拾った傷ついた人魚を連れ帰って自分ちの浴槽で看病する話だから、海と室内しか出てこないんだ。だからここに撮影のために忍び込む必要もない。僕、こう言うとあれだけど常識人だから、自分の会社の迷惑になることするつもりもないし、クビになりたくないし……。きみたちのところのフユさんとハルさんはすごいよね。まさかここがひと晩だけとはいえ、貸し切りになるとは……」

音斗たち三人は無言になる。特に音斗はなにも言えない。

――そうか。フユさんとハルさんが、ゴリ押しした結果が「いま」なんだね。

そしてフユたちが画策をしているあいだ、ナツはずっと「なにもできず、すまない」と言いながらアイスやシャーベットをにこにこして作り続けていたのかなと、そんなことまで瞬時に思い浮かべられる。

「僕は警備の仕事して、シフト制でたまに夜勤でここの管理もしてる。やろうと思ったら忍び込むことはできた。でも実行するのは今日が最初で、最後だよ。Ｋ中に人魚がっていう噂は僕の友だちが流したものだし、実際にはなにもしてない。怖くてそんなこと言い出せない」

「そ……うなんですか？」

「そうだよ。映画の宣伝になりそうだから、最近になってからその噂に乗っかろうかなと思ったけど……自分から噂を広めたりしないよ」

しゅんとする音斗の横で、岩井がちらちらと人魚姫を見ていた。人魚姫と目が合うと慌《あわ》てたように顔をそらす。

人魚姫がパンパンッと両手を鳴らす。騒いでいる教室を見渡した先生が「そろそろ私語は中止」と怒鳴るときと同じ手の鳴らし方だった。

「さ、夜明けまで時間は限られているのよ。特訓よ。早くはじめましょう。ここで待ってるから準備体操は各自でね」

神崎に手渡された袋の中身を探ると、水着やゴーグルが出てくる。

腕組みをして立ちはだかる人魚姫には儚《はかな》さの欠片《かけら》もない。

「あなたが僕に泳ぎを教えてくれるの？」

おずおずと聞いた音斗に、人魚姫は高らかに宣言した。

「そうよ。私、スイミングスクールのインストラクターだから」

なし崩しに、用意された水着（新品だった）に着替え、ビート板という水泳補助具を与えられ、特別レッスンがはじまった。「ついでだから、きみたちのフォームも見ましょう。泳いで！」と人魚姫が言うので、音斗だけでなく、タカシも岩井も泳ぐことになった。タカシはタジタジとしている。岩井はなぜかいまはほぼ無表情になっていた。

人魚姫の名前は「西川姫子《にしかわひめこ》」さん。神崎は彼女を「姫」と呼ぶ。親しげななかに尊敬が混じり、ちょっと怖れているような言い方で「姫、厳しいから。きみたちついていけるかな」と苦笑していた。

「ついていけますよ」

そっけなく応じたのが岩井である。淡々と、プールサイドで準備体操をこなす。

「謎って、解明するもんじゃなくて作るもんなのかも。なにひとつ謎じゃないし不思議なこともないのに、オレたちはここに冒険にやって来たってことっすよ。取材する気満々でデジカメの充電もバッチリだったのに」

　タカシがゴーグルをはめて、はあっとため息をついた。

「……撮ればいいじゃん」

「いやっすよ。リアルで見たら、水着の女の人の画像だよな〜って。思ってたような記事にならないっすよ。この画像はオレたち中学男子にはヤバすぎます。先輩に怒られる……」

「じゃあ俺が撮るよ。貸せよっ」

　そう言って岩井がタカシのデジカメを奪う。そのまま岩井は姫の姿を何枚か撮った。

　岩井にカメラを向けられたことに気づいた姫が、頭と腰に手を当ててモデルみたいにポーズを取って笑った。

「普通で！」

　岩井が怒った顔のまま大声で言う。

「なに？」

「普通にしててください。ポーズとか取らなくていいから。撮った写真、プリントして送ります。だから送られて恥ずかしくないポーズで写って」

ぶっきらぼうに投げ捨てるように告げ、直後、岩井の顔面が真っ赤になった。見ている音斗の心臓までトクトクと高鳴ってしまうくらいに、岩井は全身で「好きです。憧れてます。だから写真撮ります」と伝えていた。

——岩井くん、すごいな。

タカシがハッと息を飲む。音斗の胸が震える。視線を巡《めぐ》らせた先で神崎が大人びた顔で笑っていた。大人びたもなにも——神崎は二十代後半の大人なわけだが。

姫はというと「待って。だったら服を着たときに撮って。斜めからは駄目。腹の肉が、だな……まずいからっ」と慌てふためいていた。

岩井は、姫が「待って。待って」と何度もくり返し懸命にお腹の肉を引っ込めようとしている騒がしい瞬間に、デジカメのシャッターを押す。

「あ、こら」

ツカツカと姫が近づいてきて、岩井の手からデジカメを抜き取ろうとする。岩井はぴょんと跳ねて、姫から逃れた。

「いいじゃん。だって『人魚姫』で映画まで出てるんだから。写真の一枚くらい、俺が撮ったって」

「そういうんじゃない。人魚姫のときは腹の肉を隠す布がまいてあるから。女子にとって腹肉は死活問題なんだ。消去っ」

「腹肉とか言うなっ」

言い返して——岩井がふっと視線を逸らす。姫の目を見るのを避けるかのように。

——あ。瞳孔《どうこう》!?

岩井はあきらかに姫の瞳孔を見ないようにしている。姫はまったく無頓着《むとんちゃく》に岩井の間近に寄ってデジカメを奪おうと真剣だ。

音斗が岩井と姫のあいだに割って入った。

「姫さんっ。早く泳ぐ練習させてください」

「え……あ、うん」

タカシもまた音斗の意図を察したようだ。岩井をかばうように前へ進み、立ちはだかる。

「もう。プリントなんてしなくていいからね。腹の肉が……」

姫が諦《あきら》めた声で自分のお腹を両手で隠すのを見て、岩井が「はい」と返事をしたのだった。

そして——岩井を見る姫の瞳孔を隠すために、音斗とタカシはがんばった。やたらに姫に対して積極的に近づき、視線を遮《さえぎ》った。

——これ、ものすごく泳ぐ練習にやる気満々の人たちみたいじゃないか〜。

次第に姫の言葉には熱がこもっていった。

「いいこと？　確実に泳げるようになるための方法。それは——死ぬ気で泳ぐことよ！　大丈夫。溺《おぼ》れないように私がついているから安心して。はい。まずは水中で足を組んで座って。座ろうとしてもたいていの人間は、座ることができないで浮いてきちゃうから！」

「……うううう」

姫は、とてもスパルタのインストラクターだった。

音斗の言動が姫にさらに拍車をかけ、屋内プールの体感温度がぐんぐん上昇していくような気さえした。

「ほら、もう一回！」

「はいっ」

やってみると、音斗は意外とたやすく「浮く」ことができた。それとも姫の言うように、人とはたいてい「浮く」ものなのか？

——浮くのって気持ちいいじゃないか。

みんなに馴染《なじ》めず「浮く」という言い方の冷たさから、漠然と、「浮く」とは居心地の悪いことかと信じていた音斗だ。が、実際に水中にふわふわ浮いてみたら、この浮遊感は癖《くせ》になる。だらーんとして、てれーんとして、自分がどこにいるのかわからない。全身から力が抜け、漂《ただよ》う感じ。

プールの塩素のツンとした匂い。浮いて、手足をのばして、目を閉じてみる。水音と、反響して歪んで聞こえる人の声。

「姫、厳しすぎないか？」

遠くから神崎の声がする。音斗たちのことを気遣ってくれているのか。

「厳しいのは当たり前じゃない。だってこれは私の仕事だもの。優しくしてそれで音斗くんが泳げるようになるならいくらでも優しくするよ？　とにかく泳げるようにしなくちゃだから。いい？　音斗くん、人間ってのは浮くようにできてるの。それが浮かないのは、身体によけいな力が入っているから。浮いたわね？」

「はいっ」

「疲れ果てたらもっと脱力するから、疲れるまでビート板持って往復バタ足！」

ビート板を渡され、手に抱えバタバタと足を動かしてプールを往復しろと言う。

いまのところ溺れる要素はないので、教えに従い、音斗はバタ足をスタートさせた。

「はいはい。そこ、きみたちも！」

隣で見ていた岩井とタカシも命じられビート板キックをはじめる。ひとつのコースで三人で縦になり、順番に泳ぎだす。夜であることと、貸し切りであることと、インストラクターが露出度の高い水着美人なことを除くと――普通のスイミングスクールの光景だ。

さんざんビート板をつかんでバタ足で泳ぎ、次は音斗だけ個別特訓に入る。

といっても――「とりあえず泳いで」という指示だけであとは放置だ。

そうされると泳ぐしかないではないか。夜に、友だちを連れだして、こんな状況になってしまったと思うと――音斗が泳がないでどうするというのか。

――僕、死ぬ気で泳ぐよ……。

とにかく必死に手足をばたつかせた。ビート板を手放すと、今度は、浮いた状態からの、前進。それができるようになると今度は「息継ぎをしろ」と命じられた。顔を横に向けて、一瞬のあいだに呼吸をしろというのだ。

「息継ぎができない？　肺から空気を出すのよ。水中では鼻から息を吐く。これ以上は吐けないっていうくらい空気を吐きだして肺のなかを空っぽにするの。その上で、顔を上げたときも吸うんじゃなく、口から息を吐きなさい」

「ええええ。吐くの？　苦しいよ」

「そうよ。息を吐くの。そうしたら苦しさのあまり身体が勝手に空気を吸うから。吸おうと思わないで息を吐くことを意識して」

「うううううう。うぐっ、ぷは」

しかし――言われたようにやっていると、音斗は浮いた。進んだ。息継ぎもだんだんできるようになってきた。つらくなったら途中で立つ。それをくり返しているうちに、半分くらいまでは立たずに泳げるようになった。

「うん。あとは練習。速く泳ぐっていうことは考えないで、とにかく力を抜いて。

──はい、そっちの少年たち。岩井くんはスピードあるね。でもクロールの手の動きがちょっと惜しい。こうやって……」

姫のスパルタは音斗だけではなく、岩井やタカシにも及んだ。

──岩井くんたちもがんばってる。うううう。苦しいよう。

ごぼごぼと鼻から息を吐きだしながら、手足をばたつかせる。手足にねっとりとからみつくようだった水が、それでも、あるときからふっと軽く感じられるようになった。身体が水に馴染んだのだ。

パッと顔を上げて横を向く。吸おうとはせず、息を吐く。胸から、喉《のど》──口を抜けて呼吸がかたまりになって空中に飛んでいくような気がする。うううううと水中で考え、苦しくなるとパッ。ゴーグルのレンズ越しに見える光景は、薄く墨を溶かしたみたいな世界。たったひとつだけ灯した光源が、水面に丸く映っている。

うううう。パッ。うううう。パッ。というのを何度もやって、つらいなあ、どこまでいけるかなあ、なんてぼうっと思っていたら──音斗の指先が固いものに触れた。

「え？」

プールの壁だ。辿りついた。

二十五メートルをとうとう途中で立つことなく泳ぎきったのだ。

呆然として、立つ。信じられない。だって音斗は「うううう、パッ」しか考えていなかった。自分が泳いできた方向を振り返る。

「やったー。できたじゃない。あとはスピードだよね。手と足の使い方」

姫が大声ではしゃぎながら、近づいてきた。岩井とタカシが「やったなー」「ドミノすげー。あっというまじゃん」と歓声を上げた。


時間の経過がわからなくなるくらい、ずっと泳ぎつづけた。

姫は本気で熱心な指導者だった。音斗たちは水族館の水槽の魚なみにぐるぐるとプールを周回させられた。キロ単位で遊泳し、もうへとへとだよとなったときにやっと「ＯＫ」の言葉をもらう。

最後、音斗はプールから自力で上がれないほどだった。

ずっと音斗たちの特訓を見ていた神崎が、プールサイドに腰を屈《かが》め、音斗へと手を差しのばした。思わず音斗はその手を取る。

「お疲れさん。よくがんばったな。カナヅチだったのが、二十五メートルを確実に泳げるようになった」

「ありがとうございます」

へろへろな声で答え、引きずってもらう。体力のない音斗は目眩《めまい》がして、いまにも倒れそうだ。世界がぐらぐら揺れて見える。

水から出てぺたりと座り込んだ音斗の横にタカシが来て「ドミノさん、やりましたね」と言った。タカシがいつ水から出たのかも、音斗にはわからない。それくらい疲弊《ひへい》していた。

「うん。やった……。あ」

答えた音斗は、首を横に向けたまま固まった。

岩井と姫が急接近している。

「少年、泳ぎ方綺麗だね。スポーツやってるんだ？　あたしの特訓、へこたれる子が多いのに、きみたちは本当にがんばった。すごいよっ」

まだプールにつかっている姫が、やはりプールのなかにいる岩井の背中をバシバシ叩いている。

岩井はとうとう姫の目を確認する位置に。

タカシと音斗は暗い顔で互いを見た。無言で体育座りをして待っていたら、岩井が水からあがって音斗たちの前でしゃがみ込んだ。

「あのさ、いま、瞳孔、見た。勇気出して、見た」

「「うん」」

「瞳孔……閉じてなかった、と思う」

「うん？」

「むしろ開いてたっぽい。『がんばった』って言ってくれたとき、キラキラしてた。はじめて会ったときより好感度が高くなってるんだ。きっと、そう。俺、勇気出して瞳孔確認してみてよかったーっ」

岩井が「やり遂げた」という顔で笑っている。

「そうなんだ。そうかー」

音斗はへにゃりと笑った。タカシもホッとした顔になった。三人で座り込んだところで、タカシが唐突に我に返ったかのような真顔になって首を傾げる。

「……でも、よく考えたら、瞳孔ばっかり見ようとしたり、瞳孔のこと常に考えてるのって、変じゃないすか？　好きな人が水着なんっすよ？　見るとこ違うんじゃないすかね」

「「あ」」

言われてみればそうだ。恥ずかしがったり、見ないふりして見ようとしたりするのは――水着姿であってもいいのでは？　瞳孔ではなく全体像を見てときめくべきでは？

晴れやかだった笑顔が一気に引き攣《ひっ》ったものへと変化する。

「うわ――――。馬鹿。タカシそんなこと言うなっ。そんなこと言われたら、今度は恥ずかしくて……み、水着とか……。見られるかこのっ」

岩井が頭を抱えてじたばたと暴れ、プールサイドを転げ回ったのだった。

音斗たちは姫と神崎に感謝してから着替えるために更衣室に向かった。

更衣室には縦長のロッカーが整然と並んでいる。鍵もちゃんとついている。三人しかいないからわざわざロッカーに入れて鍵をかける必要もないのだが、タカシと音斗は着替えや鞄をロッカーに入れていた。岩井はそのへんに無造作に置いている。

——倒れそうだ。

これは音斗にとってははじめての長時間の運動である。太ももがプルプルと痙攣《けいれん》している。更衣室が遠く感じて途中で目眩がした。

「ドミノ、これからハルさんを撒《ま》いて、ひとりで変質者捜しにいくんだろ？　俺たちがハルさん足止めしてるあいだにって言ったけどさあ」

「やっぱり危なくないっすか？　三人で行きましょうよ」

「でも夜遅くなるし、岩井くんとタカシくん、これ以上遅くまでかかったらおうちの人が心配するでしょう？　僕も無理はしないから大丈夫。さっき岩井くんがさりげなくフェンスのチェックしてくれたし、こっそり乗り越えても警備の人来ないのわかったし、ハルさんに見つからないように金網乗り越えるの、ちょっと楽しみなんだ」

倒れそうになるのを必死でこらえ、

「だけど少しだけ更衣室で休むね。チーズ持ってきてるからそれを食べることにする」

「ドミノ、あんま無理すんなよ？」

「うん」

――ここまではフユさんたち大人の手のひらの上での冒険。でもここからは僕ひとりの冒険だ。

音斗は、この夜の闇を利用して、吸血鬼を捜しにいく計略を練っていた。岩井とタカシに打ち明けて、音斗がひとりで外に出る手助けを頼んだのだ。

「俺も行きたいのに」

「オレもっす」

岩井もタカシも口を尖らせている。男子たるもの冒険すべし。その気持ちはわかる。でも、相手が吸血鬼だったら、岩井やタカシを連れていくわけにはいかない。万が一にも血を吸われたら困る。

と――荷物を入れていないロッカーがガタガタと鳴った。内側から叩いているような音がする。

それだけではなくロッカーの隙間から白い靄《もや》のようなものが漂《ただよ》いはじめた。ドライアイスの煙に似たそれを、音斗は、かつて一度見たことがあって——。

「わっ。びっくりした。なんだろう。ロッカーのなかで、なんか物が落ちたのかなー」

そう言って岩井が音がしたロッカーへと近づいて扉に手をかける。

「い、岩井くんっ。やめたほうがっ……」

しかし——岩井は「そういう男の子」なのだ。咄嗟《とっさ》に手を出してしまう。身体《からだ》が動いてしまう男子なのだ。音斗の制止は遅すぎた。

岩井が扉を開けると、ぶわっと白い霧が溢《あふ》れだす。途端、冷気が室内を満たした。視界を霞《かす》ませる霧が満ちた直後、なかから「キキキ」と鳴き声を立てる巨大な黒いコウモリが飛び出して——。

低く、無駄なくらいの美声で「ふふふふ」という笑い声が響き渡る。

コウモリが、瞬時に、金髪碧眼の美貌の男へとメタモルフォーゼする。

「我が眠りの邪魔をする者よ。汝《なんじ》に幸いあれ。今宵の私は気分がよい。そこの少年を私は捜し、待っていた。待つあいだのこの時間は、しょせんはつかの間の眠り。うたた寝からの解放は、されどできるものなら人魚の姫であって欲しかったのだが

——まあ、よい。どちらにしろ少年、お前との再会を私は寿《ことほ》ごう。赤き血で！」
——吸血鬼……。
血を吸う、オールドタイプの吸血鬼が、そこにいた。
——捜しにいこうとしたのに、向こうから来た……？　なんで？
吸血鬼は黒いマントをぶぁさっと勢いよく跳ね上げ、高笑いしている。
古式ゆかしい吸血鬼の登場シーンだった。
だが、いかんせん出てきたのは棺桶《かんおけ》からではなく更衣室のロッカーである。
「な……なんだお前？」
「はっ。もしかして『変質者』っすよ。ドミノさんのこと追いかけ回してたってい
う。ドミノさんがいまから捜しにいこうってしてた」
「……んだとっ。そうか。ロッカーのなかに隠れてるなんて、噂通りに本物の変質
者だなっ。しかもドミノだけじゃなくこいついま『人魚の姫』って言ったぞ？　も
しかしたら女子更衣室のロッカーに隠れてるつもりだったんじゃ……。間違って男
子更衣室に潜《ひそ》んでたけどっていう……」
「覗《のぞ》き？　盗撮する気だったんすか？　ロッカーに入ってっすか？」

岩井とタカシが口々に言い立てる。岩井もタカシも本気である。真面目《まじめ》に勘違いして、真面目に怒っているのが伝わっていったのか――吸血鬼の顔面がだんだん蒼白になっていった。

「な……にを言っているのだ。この……下賤《げせん》の民！　なぜ、この高貴なる我の登場にひれ伏し、怖れないのだっ？　我は吸血鬼なるぞ。麗《うるわ》しき乙女の血を啜《すす》り、時を渡る不死の旅人。永遠なる者。伯爵として闇の世界に君臨し、闇の血族を捜してさすらい……」

「なに言ってんだか、わかんねーけど、ぶっとばーす！」

岩井のバットが、火を吹いた。

いきなり殴りつけられ、吸血鬼は咄嗟に飛《と》び退《すさ》って避《よ》けた。そこはさすがに吸血鬼なのかもしれない。身のこなしは軽やかだ。

憤怒《ふんぬ》の形相になった吸血鬼が、

「そのような下らない武器で私に傷がつけられるとでも思ったたか。銀ですらない……だと？」

「金属バットより木製のほうが俺は好きなんだっ。木製バットのほうが手応えがいいんだよ」

次に、パシャッという音がして、シャッターが切られる。タカシがデジカメで吸血鬼を撮ったのだ。フラッシュが焚《た》かれ、吸血鬼は不敵に笑った。

「光であればなんでも脅威になると勘違いしているのだな。だが、我はそのような光では傷ひとつつかぬっ。我が闇の濃さを思い知るがよい」

「オレの武器はこのデジカメと、ペンっす。あんたのこと、イケメン面《づら》してるけど、実際はストーカーで盗撮魔なんだって、公表するっす。オレはあんたのなかの闇を暴くっす」

――すれ違ってる。

吸血鬼が、吸血鬼であろうとすればするだけ、滑稽《こっけい》になっていく。音斗は頭を抱えたくなる。

「もう、やめて――」

音斗は岩井と吸血鬼のあいだに割り込んで叫ぶ。

「なんだよ、ドミノ。こいつお前のストーカーなんだろ？　こいつを見つけて一対一で話したいから、捜すって言ってただろ？」

——変質者呼ばわりされているのが僕の知ってる人っぽくて、相手はもしかしたら僕のことを捜してるのかもって言ったけど。

吸血鬼は空気を読まず高笑いしているが、音斗は半泣きになっている。

「ドミノさんっ？　この人、ストーカーなうえにロッカーに潜んで盗撮しようとしたんっすよ？　ロッカーに入り込んでオレたちのこと待ってるっていうだけで、もう変態っすよ。変態っ」

なんて説明したらいいのか。

——相手は吸血鬼なんだよって言えたらラクなんだけどなあ。

それは言えない。オールドタイプの吸血鬼で、フユたちとは遺恨《いこん》があって、すでにフユたちに一度撃退されている相手が、どうやら音斗だけをつけまわしているというのをうまく説明できる気がしない。

——僕がどこに住んでいるのか、吸血鬼の人は知っている。

吸血鬼はどうやらとっくに『マジックアワー』の場所は見つけている。なのにフユやハルたちと出歩いているときは、音斗に声をかけてこなかった。

——フユさんたちが、つけられている気配がするって言っていたのは吸血鬼だったんだと思う。守田《もりた》さんのお姉さんも、付近に気配がするって言ってたし。

ではどうして付近をうろつくだけで、音斗に声をかけなかったのか。それは吸血鬼はフユやハルとはもう会いたくなかったからだと思う。

きっと音斗にだけ会いたがっていたのだ。が、完全夜型の吸血鬼は、音斗の下校時間に間に合って起きることができないから、音斗がひとりきりになるタイミングを計りかねていたのだろう。

それでも夜に出歩いている音斗に似た中学生を見かけたら声をかけていたのだとすると――どうしてそこまで自分を捜しているのかと思う。

遅い時間に『マジックアワー』から音斗がひとりで出てこないかと見張るくらいに、音斗に会いたいって、どうして？

――寂しかったの？

いるのか、いないのかわからない『人魚』にネットで語りかけるほどに？　ひとりぼっちでいじめられて？

音斗をつけまわして、夜の学校の金網を乗り越えて、音斗がハルから離れたことにホッとして――更衣室のロッカーに潜んで音斗が戻ってくるのを待っていたの？

「ええと……僕のことつけてるけどストーカーっていうわけじゃなくて。たぶん」

それはもはや音斗の勝手な想像でしかない。吸血鬼にきちんと聞かないと、吸血鬼が音斗を捜していた理由なんてわからない。でも……。

「ストーカーだよっ」

「変質者っすよ？」

すかさず否定されたが、それに対して即時に吸血鬼が、

「家畜にすらなれない不味《まず》い血を持つ者どもめっ。我は『伯爵』だ。『変質者』でも『ストーカー』でもない。伯爵と呼べっ」

と叫んだ。

「頭もおかしいのかもしれない……。伯爵って。こいつ本気のストーカーっていうか、ちょっとこう……」

「怖いっすね。オレたちじゃ、手に負えない類《たぐい》の……本気の変な人っすか？」

岩井とタカシがここにきてやっと怖そうな顔になる。

「……ふっ、怖いか？」

吸血鬼、もとい伯爵が、悦に入った顔になり、胸を反らしたが——「怖さ」の質

が、伯爵の思っているのと、岩井とタカシが抱いたものとでは違っていることに気づいていない。

「怖いんじゃなく、痛いんだよっ」

音斗が言い返した。勝手に口をついて出た。そして、音斗の口が止まらなくなった。

「てゆーか、なんでよりにもよってロッカーのなかに入ってるの？　暗くて狭いところが好きなの知ってるけど……わかるけど……変質者だと思われても仕方ないよ……。もうちょっとどうにかしてよーっ」

疲れているせいもあったのかもしれない。何故《なぜ》か涙が出てきそうになった。実際に目にじわっと涙が滲《にじ》んでいた。

「う……どうにか……とは？」

「占い師の仕事も辞めちゃったんでしょ？　夜はネットカフェで寝泊まりしているって聞いたよ。ネットカフェに泊まるお金はどうやって稼いだの？　昼間はいったいどこでなにしているの？」

音斗は吸血鬼に詰め寄っていった。涙ぐみながら近づき、訴える。

岩井とタカシはそれぞれにバットとデジカメを構えたまま、音斗と吸血鬼を呆然と見ていた。

「ひ……昼間は、あちこちで豊饒《ほうじょう》なる闇に包まれて貴族的に過ごしている……」

「つまり昼間は引きこもって、どこかで寝てて、新しい仕事にはまだついてないってことだよね？　食べ物はどうしてるの？　稼ぎもないのに、食べ物は？」

「乙女たちの……我への貢ぎ物を受け取り……」

「つまりヒモなんだよね？　女の人に貢がせて、うろうろしているんだよね？　そういうのはヒモっていうんだってフユさんが言ってたよ。友だちは？　友だちはいるの？　前に会ったときは友だちいなくて、ぼっちだったよね。いまもそうなの？　長生きしてずーっとニートで、ずーっと友だちいなくて、ずーっと寝て暮らして、ずーっとヒモなの？　僕よりたくさん生きてて、ずっと年上の大人なのにそれでいいの？」

「我は闇の強い力で下僕たちを従え、ときとして血のしるしを刻み、支配するものとして……ヒモなどというものではなく……」

「普段はぼーっとしてて、たまに暴れるのって、ニュースに出てくる、内弁慶《うちべんけい》の引きこもりニートそのものじゃないか。女の人にぶら下がって生きてて、自分に都合が悪くなると暴れるんでしょ？　それパワハラとかモラハラとかＤＶっていうんだよね。違うの？　かっこう悪いよ……。僕、将来、そんなふうになんて……なりたくないよう……」

ぐしっと鼻をすすりながら、音斗は思いの丈を迸《ほとばし》らせる。

――吸血鬼として生きていくと僕はどうなるの？　もしかしたら無職ニートでヒモ的な、ぼっちの人生を送ることになるの？

目の前にいるオールドタイプの吸血鬼に罪はない。が、祖父母とのやり取りや音斗の家の室内の惨状が音斗の感情をどっと溢れさせた。祖父との喧嘩《けんか》や、吸血鬼として生きていくことで世間とすれ違っていく「真実は、いまひとつ」なストレスは、音斗が思っていた以上に、音斗の内側で積み重なっていたらしい。

――フユさんや、ハルさん、ナツさんみたいに飄々《ひょうひょう》と生きていける？　本当に？　一歩間違ったら、僕は、オールドタイプの吸血鬼の人みたいに、大人になってもみんなにいじめられちゃうの？

「ネットに書き込みして『本人乙』とかってされているの、伯爵なの？」

「あ……あれは……下民どもにはノブレス・オブリージュというものが理解できないのだ」

「本人なんだ……」

無理に蓋をして圧縮していた感情が、ここにきて爆発する。

「生き物として……弱すぎるよう～。現代社会に合ってないよ～。黒づくめの服着て、顔隠して歩いて、こそこそして、狭いところに閉じこもってる。ロッカーから出てくるなんて、ひどいよ～。生命力の高さを誇ってみせても、それってみんなに嫌われている虫みたいだよ～。しかも根本的にはちっとも強くないじゃないか～、弱点が多すぎるんだよ……。働くことすらできないなんて……僕はちゃんと大人になったら働いて、友だちも作りたいんだよ～」

うわーんと半泣きになって音斗は吸血鬼に殴りかかった。

とはいえ「ドミノ」な音斗である。殴ったつもりだったけれど、へろへろのパンチしかくり出せなかった。が、岩井のバットを避けたくらいに軽やかな吸血鬼だから音斗の拳なんて余裕でかわせるはずなのに、吸血鬼はそれを避けなかった。

「虫……。お前も我を虫と言うのか」

悲しい顔で吸血鬼が言う。音斗の拳をがしっと受け止め、歯を食いしばって音斗を間近で見下ろした。

涙で潤《うる》んだ音斗の目と、吸血鬼の目が合った。

「あ……瞳孔が……」

――瞳孔が開いている。

まさかの――オールドタイプの吸血鬼は音斗に好意を抱いている展開であった。

――だから僕を捜してたんだよね。やっぱり寂しかったんだよね。

「友だちが……欲しいんだね」

音斗が言うと、吸血鬼は音斗の拳を払いのける。音斗は半泣きで、吸血鬼にしがみつく。しかし吸血鬼は音斗を押しのけた。

ぐらっと世界が傾《かたむ》く。

――ああ、疲れきってるから……。目眩がする。

「違う。我はただ、お前にはまだ見込みがあると思っただけだ。永遠を手に入れる可能性がある。我と同じ不死の旅へと出向くだけの尊さがお前にはあるのだと。真実に近しい、百と千の目を持ち、貴族として生きる未来がお前には……」

「ひとりじゃ……寂しいもんね」

いまにも倒れそう。でもこれを言い切らないと、倒れられない。

「ひとりぼっちじゃあ喧嘩ってできないもんね……。だから伯爵は、僕やフユさんたちと喧嘩したいんだよね？　それで僕を捜してくれたんだよね？　僕……いまから倒れちゃうと思うんだけど……殴りあう用意だけはしてるから……がんばるから。伯爵も……がんばるといいよ。がんばって働いたり……ネットの知識を勉強したり……したら、いじめられなくな……ると思うんだ」

「な、なにを言っているんだ？」

「努力するから。僕、伯爵と喧嘩できるように身体も鍛えるから……いまは口喧嘩でいいかな。それで、友だちにな……ろ……。いつか……待って……努力……がんばってるから……」

意識がすーっと消えかかる。伯爵にしがみつこうとした手が、ずるずると滑り落ちる。

――ひとりで倒れなくちゃ。

ドミノ倒しにならないように。でも、斜めに傾いだ音斗の身体を、駆け寄ってきた岩井とタカシが受け止めてくれた。がしっと支えられる感触がして——ああ、倒れても支えてくれる人がいるんだと、薄れていく意識のなかで音斗は思い——胸がじわっと熱くなる。

情けなさとは別の涙がこみ上げてきて、鼻の奥がツンとした。

「努力する……だと？　がんばるという言葉ほど美から遠いものはない。我は迫害されているのではなく孤高を貫いているのだ。数多《あまた》の下民と交わってなるものか。お前は努力しないことが迫害される理由だと、そう我に言ったも同じなのだぞ？我が迫害される理由をどうしても探そうとするならば、ただひとつ。それは我がこの世界にわずかしか存在しない血の一族であるゆえだ」

伯爵の苦々《にがにが》しい声がそう告げた。

——そうか。多数決で、少ないから、いじめられているのか。

伯爵に言われたことが音斗の胸をぐさっと刺す。音斗は自分がいじめられた理由を、心のどこかで「自分の努力が足りないから」と思っていたのかもしれない。

もっとがんばったら、仲間ができる。友だちができる。がんばればつらい現実をどうにかできる。この寂しい現実から足抜けできる。すぐに倒れる「ドミノ」じゃない自分になれる。

ならなきゃ。自分が変わらなきゃ。

自分さえ変われば――。

でも――そうなの？

――いじめられるのは、自分にいじめられる要素があるからだって、心の奥でそう思ってたのかな？

隠していた気持ちの一部を、伯爵が突いた。心臓にぐさりひと突き。音斗自身が見ないようにしていた気持ちの欠片を、伯爵が抉《えぐ》りだした。

――痛い。

「いいか？　我は自分で選んで孤独の道を歩いているのだ。くだらない家畜と共に生きることはできぬ」

伯爵のとどめの台詞が、痛んだ音斗の胸に染み込む。

――選んでひとりでいるの？　強がりじゃなくそう言うの？

「この変質ストーカー自称伯爵なりきり野郎っ。ドミノになにすんだよっ」

「中学生の子どもに大人が暴力ふるって、どうするつもりなんすかっ」

伯爵の声に、岩井とタカシの声がかぶさっていく。

「ち……違う。我はなにもしていない。この少年が勝手に倒れただけで……暴力も、嚙《か》みつきもしてはいな……」

「嚙みつくって。野蛮人めっ」

「な……。野蛮だと？」

バタバタと足音がする。ドアが開き、人が駆け寄ってくる気配がした。

「喧嘩してるような声と音がしてるけど、なにやってるんだい？」

――ああ、神崎さんだ。大人だ。ちゃんとした、大人の人だ。

「……あなたは誰ですか？　どこから入ってきたんですか？」

「こいつストーカーで変質者で覗き魔なんです。ロッカーから出てきてっ」

「ドミノさんが殴られて倒れたんっす！　救急車と警察呼んでくださいっ」

「外にいるドミノの兄さんも呼んで……」

「それはハルとかいうあやつだなっ。くっ。奴が来るなら、我は去るっ」

「こら、逃がすか――っ」

大声でのやり取りの最後まで聞こうとしているのに――音斗の耳に入る音声は途

切れ途切れに分断されていく。

気絶する寸前、音斗が聞いたのは——伯爵の途方に暮れたささやきと、轟音である。

「美しいままで闇と共に生きるのが我が本意。お前はまだ覚醒していないようだ。いつかまたお前を目覚めさせるために我は……」

とてつもなく大きな風が部屋を吹き抜けていった。

竜巻のような風が音斗の髪をかき混ぜ——この風は過去、伯爵が退散したときに感じたものと同じだと思いながら、音斗は意識を手放したのだった。


音斗が目覚めたのは『マジックアワー』の二階の寝室だった。

クッション詰めの木箱のなかで目を開けた音斗は、自分を見下ろすいくつもの顔を見て驚いて飛び起きる。

ハル、ナツ、フユが心配そうに音斗を見下ろしている。

「あれ？　どうなってるの？　岩井くんとタカシくんは？　神崎さんと人魚姫もど

こ？」

音斗は目をごしごしと擦《こす》ってから、みんなの顔を見返した。

「岩井くんとタカシくんは責任を持ってそれぞれのうちに送り届けた。音斗くんのこと心配して残りたがってたけど、起きたらちゃんと連絡するからって言いきかせて帰したよ。神崎さんはK中の後始末をしてくれた。最後の戸締まりもしてね。姫さんは神崎さんが送っていった」

フユが言う。

「そっか……。誰も怪我してないよね？」

「ああ」

フユにうなずかれ、安堵する音斗だった。倒れたのは音斗だけだ。よかった。

「岩井くんとタカシくんが僕を呼びに来て、その後すぐに僕が音斗くんをうちに運んだんだ。僕がちゃんと見張ってなかったばっかりに音斗くんを危険な目に遭わせてしまった。ごめんね〜」

ハルが珍しく殊勝な顔つきになっている。

「ううん。違うよ。それに、僕、どっちにしろ自分で伯爵と対決しようと思ってたんだ。だって伯爵はフユさんとハルさんとナツさんには会いたくなくて、僕のことだけ捜そうとしていたでしょ？　だから……会いたいなと思って」

フユたち大人の手の上じゃないところで、自分ひとりで冒険をしたいと思って――。

「疲れたときのためにチーズをたくさん鞄に詰めたのに、食べなかったのがいけなかったんだと思う。早く食べるべきだったな」

フユが「そうか」とちいさくつぶやいた。

「男の子は冒険するもんだ。大人がどう見張って、危ない場所に行けないようにしても、囲いを乗り越えて出ていっちまう。俺もそうだった」

「うん」

「なあ……伯爵ってのはオールドタイプの吸血鬼のことか？」

「うん。僕ね、きっとまた伯爵には会うと思う。次はフユさんたちも一緒に会えるかな」

続いて、なにか言わなくちゃと思った。伯爵に言われて気づいた、多数決の少数派のこととか、音斗は自分が仲間外れになったのは努力が足りないからだと心の底で思っていたこととか――言いたくて――でも言葉のかたまりが大きくて喉が詰まった。

代わりに、

「伯爵は自分で選んで孤独でいるって言ってた」

よくわからない。違う視点に立って、違う立場から見ると、ひとつの事象が異なる風景に見えることがある。音斗が跳び箱に閉じ込められて感謝した事実は、違う観点から見るといじめられているように見える。

オセロのコマの黒と白の境界はどこなのだろう。表裏一体。なにかの加減でくるっとひっくり返る。

「僕は友だちがいると嬉しいなって思う……」

ナツがなにも言わず音斗の頭をがしがしと大きな手のひらで撫でた。何度も何度も撫でるので、痛いくらいだった。

＊

夏休み直前——区のプールを平日の日中借り切って、学校での水泳大会が行われた。

泳げるようになった音斗は、その後も鍛錬《たんれん》を続けた。それなりにスピードもついてきたし、体力も少しは向上してきたようだ。

保護者の見学は、プールサイドではなく、プールを見下ろしてガラス越しに見ることのできる一室でのみ可であった。祖父母を呼んだ音斗は、見事、二十五メートル自由形を泳ぎきってみせた。

形ばかりの競技が終わると、午後からは自由遊泳だった。一年生全員がわいわいと泳いだり、潜《もぐ》ったりして、遊びだす。

「こら！　プールサイドは走らない！」

先生のホイッスルと、大声が反響する。みんなの歓声がぐわんぐわんとこもって聞こえる。

「ドミノ、やったな！」

プールサイドで体育座りをして休憩する音斗に、岩井が走ってきてハイタッチをする。

「走らないように。こらー、岩井！」

「はーい」

岩井は笑って音斗の隣にしゃがんだ。タカシも向こうからぺたぺたと歩いてきて、音斗を真ん中にして三人で座り込む。

「ドミノはすごいな。泳ぐって決めたらちゃんと泳げるようになるもんな。しかも短時間で！　目つぶし用の変な道具とか使うストーカーに襲われても平気で、返り討ちにしようとしたりするしな。勇気ある」

音斗が気絶してみんなが慌てた隙に、ものすごい風が吹き荒れて、その風と共に伯爵の姿が消えたのだそうだ。

吸血鬼伯爵は最終的に「音斗のストーカーで、人魚姫のことも狙っていた変質者」という結論に落ち着いてしまった。しかも用意周到で、目くらましの白煙を噴きだす道具に、あやしい幻覚をもたらすガスまで仕込んでいたのではという、やけに危険人物な設定までつけ加えられてしまった。

「そういえば神崎さんの映画、できたってブログに書いてありましたね。八月になったら『マジックアワー』で一週間、昼間に映像流すんだって」

「うん。店を閉店したあとの日中なら神崎さんに場所を貸すのはかまわないってことになったんだ。ずっと流し続けるより区切りつけたほうがいいからって、とりあえず一週間だって。姫さんも見に来るって言ってたらしいよ」

「あのさ……ドミノ、姫さんのことありがとう」

岩井がぼそっとつぶやいた。

「え？」

「タカシも、ありがとう。ドミノとタカシが後押ししてくれたから、俺、姫さんにまた会えた。嬉しかったよ。ふたりには感謝してもしきれないよ」

「そんなこと……」

「……ないっすよ」

タカシと音斗は交互にそう言う。

「お前らマジで最高の友だちだよ!!」

岩井の言葉に音斗の胸がトクンと鳴る。最高の友だち？

──友だちっていいなあ。

音斗はふわふわと笑ってしまう。友だちのためになにかをがんばってやり遂げて、そのうえこんなふうに感謝してもらえるなんて。

友だちと笑ったり遊んだりくらいまでは想像しても、友だちのために行動を起こし、結果として感謝されることがあるなんて思いつきもしなかった。友情は一方通行ではないものなのだ。それが染みるように、嬉しい。

——現実の友だちってすごいや。

「でもさー、姫さんてドミノのこと泳がせてるときさ、なーんか怖かったよな。女子っててガミガミ怒って怖いけどさ、大人になっても怖いときは怖いまんまな」

岩井がそう続ける。

「え？　怖いって、岩井っち、もう姫さんのことは好きじゃなくなったってことっすか？」

タカシが小声で聞いた。岩井は「うーん。そういうんじゃなくて、怖いときは怖い。女子ってずっと怖いって話だよ。好きかどうかと、怖いは別っていうかっ」と、うつむく。

「岩井くんて、大人だな」

岩井の言い方がなんとなく大人びて聞こえたから、音斗はそう言った。

「へ？　なに言ってるの？　ドミノ。ドミノだってあんなに怖い委員長のことが……」

「だから守田さんは別に怖くなんてな……」

と――言いかけたときに、違うクラスの男子がふざけてプールサイドを駆け回りはじめた。先生のホイッスルも無視し、ぐるぐると追いかけっこをしている。

その側《そば》にいた守田が男子たちを叱《しか》りつけた。

「ちょっと！　濡れてるプールサイドを走ったら危ないって言われてるでしょう？」

「なんだよー」

言われた男子生徒が守田に口を尖らせたと同時に、通りかかった誰かがつるりと滑った。間一髪で転倒せず、ただ、バランスを崩したその子が、男子生徒の背中を押した。

男子生徒は「わ」と叫び、目の前にいる守田を押す。

守田が「きゃ」と叫んで――プールへと後ろ向きに落下した。

すさまじい水音がして――音斗は、立ち上がり、プールへ飛び込む。飛び込みの練習なんてしたこともないのに、自然と身体が動いた。

そして、やってみれば、意外とできてしまった。

「守田さんっ。大丈夫？」

水をかきわけていって守田の腕を摑《つか》む。そこまで深いプールではないが、背の低い守田や音斗にとっては、つま先立ちしてどうにかという水深だ。

「うん……大丈夫。びっくりしただけで」

――わ。顔が近い。

無我夢中だった。つい守田の腕を摑んでしまった。

「あの……プール授業だと守田さん眼鏡《めがね》かけてないから、それで危ないかもと思って、だからつい慌てて……その」

水泳帽に髪の毛を押し込んでいるから、いつもは前髪で隠れている丸い形の額が見える。目のなかに水が入ったのか守田は痛そうに何度も瞬きをした。眼鏡をかけていない守田の、くるんとした大きな目。長い睫《まつげ》。守田の全身が強《こわ》ばったように固まっている。

守田が音斗から視線を逸らした。見る見る頰《ほお》が赤くなる。音斗に摑まれていない手をのばし、何故か守田は自分の額を片手で覆った。

「高萩《たかはぎ》くん、ありがとう。平気だから」

「うん。おでこ……痛いの？　打った？」

テンパって音斗が尋ねると、守田の顔の朱色の濃度がさらに深まる。

「違うの。私、前髪ないと変な顔になるか……ら……。別にもともと変な顔だけど。その……」

「変な顔じゃないっ。守田さんは可愛《かわい》い」

反射的に返す。いつも音斗はそう思って守田を見ている。だからスルッと言葉が出てきた。

——って、僕、なにを言ってるの？

音斗が、自分の発言に動揺し慌てる。言われた守田は「う……」とつぶやいたきり、無言になる。つま先立っていた足から力が抜けたみたいで、音斗の目の前で守田がちょっとだけ水に沈んでいく。ぶくぶくぶくと口元から、鼻先まで、水に隠れていって——。

「おい。守田、高荻、大丈夫か？」

いまさらやって来た先生が大声で名前を呼んで、音斗たちの側まで泳いできた。

音斗が守田から手を離すと、守田は「はい。私は大丈夫です！」と、我に返ったようないつもの委員長の顔つきで応じたのだった。

音斗が守田の瞳孔を見るのを忘れたことに気づいたのは、プールから上がってからだ。

「ドミノ、委員長の瞳孔どうだった？」

岩井に怖々聞かれ、ハッとする。

「……見てない。いや、見たけど……開いてたっけ。閉じてたかな。わあああああ」

守田の赤くなった頬とか耳とか、柔らかい腕の感触とか、眼鏡をはずした守田の目や長い睫とか、つるんと丸い額に意識を持っていかれて——瞳孔を確認しなかった！

「そっすか。まあ瞳孔だけがすべてじゃないっすよね」

「というかさ、瞳孔がどうこうだけの問題じゃないよな。瞳孔閉じててもさ、もう俺は気にしないことに決めたんだ。時間が解決すると思う」

「そうっすよ。暗闇か、昼間か、室内か室外かでも瞳孔は変わるっす」

交互に慰《なぐさ》められるように言われ――音斗はその場にうずくまり「うううう。瞳孔……確認すればよかった。でも勇気ないかもしれない……僕……」とプールのタイルを凝視したのだった。


その後――音斗は担任にお願いし、着替えてプールの外に出る許可をもらった。

「おじいちゃん、おばあちゃん。今日は来てくれてありがとうございます」

見学室へと急ぎ、祖父母を見つけ、音斗はそう頭を下げる。

「ふむ。一緒に泳いでいた六人中の、六位じゃないか。ビリだ」

祖父は開口一番そう言った。せっかく泳ぎきったのになと思うと、ちょっとだけ悲しくなる。でも音斗はくじけないで言い返す。

「それでも泳げるようになったんです。前はこういう行事に参加すらできなかったの、おじいちゃんも知ってるでしょ？」

祖父はむっとした顔のままだ。祖母は「うんうん」とちいさくうなずいて音斗の話を聞いてくれている。

「おじいちゃん、おばあちゃん。僕、がんばることが好きだ。努力するの好きです。でも、がんばってもどうにもならないことがあるのも、認めて許して」

「努力は認める。だが結果がすべてだ」

「今回は泳げるようになるっていう結果が出たよ。おじいちゃん、お母さんにひどいこと言ったの謝ってくれる？」

「ふんっ」

「……あなた」

とりなすように祖母が、祖父の肩にそっと触れた。

「努力は認めると言っただろう。女の子を助けたあれは……よくやった。さすが俺の孫だ。だが、それと、歌江《うたえ》さんのことは別だ。帰るぞ」

祖父がそっぽを向いた。祖母はおろおろした顔で「音斗、がんばったわね。すごいわ」と、音斗の耳元でささやいてから急いで祖父の後をついて出ていった。

肩を怒《いか》らせて遠ざかる祖父の背中を見て、音斗はぐっと決意する。

——絶対にいつかおじいちゃんたちとお母さんとを、僕の力で和解させてみせる！


夜になった。

タカシと岩井が「あらためてフユたちにお礼を言いたい」と訪ねて来てくれた。音斗はいつものようにフユたちを起こし、例によってオカン体質のフユは「夕飯を食べていけ」と岩井とタカシを誘い——乳製品尽くしの夕飯の食卓を総勢六人で囲んだ。

もうじき『マジックアワー』が開店する。

「あのね、水泳大会、僕ちゃんと泳ぎ切れた。おじいちゃんに『努力は認める』って言ってもらえた。おばあちゃんは僕のこと誉めてくれたよ。これもみんなのおかげです。ありがとうございます!!」

ぺこりと頭を下げた音斗にナツが目をうるうるさせている。フユは少しだけ目を細めにやっと笑い、ハルは「もっと感謝していいんだよ」と胸を張った。

「変質者はロッカーにひそんでいたっていうスクープを持っていったら、はじめて

『裏新聞』にオレの記事が掲載されることになったっす。これもハルさんのおかげっす。ありがとうございます！」

続いてそう言うタカシの後に、岩井も便乗のように感謝を述べる。

「ええと……俺もその……あざーっす‼」

岩井は自分の「ありがとう」の理由については言わない。音斗たちもそこはスルーする。

「タカシくんもとうとう一人前のジャーナリストか。それもこれも僕のおかげだね。僕もきみみたいな弟子をもって鼻が高いよ！　刷り上がったらうちにも持ってきてねっ」

いつのまにかタカシはハルの弟子扱いになっていた。

「もちろんっす。ハルさんを師として仰ぎ邁進《まいしん》するっす。で、さっそくですが……うちの女子生徒たちも『マジックアワー』のイケメン店員たちの私生活や店について注目してるんっすよね。なので取材させてください。まず、どうして男三人でパフェ屋なんすか？　しかも夜しかやらない店って……」

タカシがフユたちに尋ねた。筆記具を取りだし、メモを取る気満々である。

「乳製品が好きだからだ。アイスクリームは身体にいい。アイスクリームに性別は不問だ」

フユがきっぱりと言い切る。

「ふーん。……だったらアイス屋さんでよくないですか？　パフェじゃなくてもいいような？　あと夜限定営業のほうは？」

岩井がのほほんとした口調で疑問を口にする。

どうしてか――フユたち三人が互いに顔を見合わせた。

――夜しか開けないのは吸血鬼だからなんだけど……そういえばなんでアイス屋さんじゃなくてパフェ屋さんにしたかっていうのは、まえもフユさんにはぐらかされちゃったんだよな。

明確な理由を教えてもらったことがないので音斗も興味津々でフユたちの顔を見つめた。

が――。

フユとハルがいつになく口ごもっている。

不自然な沈黙が落ちる。

珍しく一番先に口火を切ったのはナツだった。

「お、俺は……朝起きられない……それに夜じゃないと来られない人がいるか……ら……」

深刻な面持《おもも》ちで、神の前で懺悔《ざんげ》するような言い方で訴える。

「来られない人って？」

そんな発言は初耳で、音斗は思わず聞き返していた。

「それは……」

「ナツ！」

と——フユがビシリとナツの言葉を遮った。

あまりにもきつい口調だった。

若干、怯《ひる》んでしまった岩井とタカシを見て、ナツがしょんぼりとうなだれた。

「大声を出してすまない。夜に開店なのはナツの寝起きが悪いからどうしてもだ。ナツがなかなか起きないのは音斗くんも知ってるよな。毎日、ナツを叩き起こす係やってるくらいだからな」

場を落ち着かせるように、フユが言う。吸血鬼であるという事情をフユらしくうまくごまかした言い方だった。

しかし口調はともかく、フユの表情が険しい。いつもの冷蔵庫的な冷たさから氷河期並みの冷たさにシフトしている。

岩井とタカシは納得していないようだったが、これ以上尋ねると危険な気がしたのか口をつぐんだ。

——夜しか来られない人って誰なんだろう？

三人がかたくなにパフェ屋を開店した理由を述べないことと、その人との間にはなんらかの関連性があるのだろうか。

それはもしかしたらフユの片思いやナツの悲恋と関係があるのだろうか？

「まあ、あれだ。夜しか開かない店だと自分たちは行けないって中学生たちが不満を持っているってのは人づてで聞いてる。それに対しての俺の返事は『大人になってバリバリ稼いだら食べに来てください』だ」

フユが肩をすくめて言う。

「そそそ。僕の可愛い画像を使ってフキダシつけて『大人になったら来てね』って記事にしてもいいよ〜。僕の奇跡のビジュアルは特ダネ間違いなし！」

ハルが立ち上がり小首を傾《かし》げて愛らしい決め顔を作って見せた。

「ええと……」

「遠慮せずに撮っていいんだよ～」

そして――悲しいほど「空気を読む能力」に長けたタカシは、その後、何枚もの
ハルの写真をデジカメに収めることになったのだった……。

終章

いるかもしれないし、いないかもしれない。

ネットカフェ通いをやめた伯爵は、北海道大学に棲《す》みついた。

大学の研究室では二十四時間、誰かが研究をしている。レポートを書いている。誰が入り込んでいても学生たちは気にもとめないようだ。

こしゃくな子どもに言われたから、ネットカフェ通いをやめたわけではない。

たまたま、だ。

たまたま——金が尽きたのだ。

「あのような無粋《ぶすい》な輩《やから》が吸血鬼だなどと我は認めぬ。認めぬぞ！　奴らは吸血鬼一族の落《お》ち零《こぼ》れだ。そもそも吸血鬼ではないではないかっ。吸牛乳鬼め！」

伯爵はときどき『マジックアワー』へと様子を見にいく。けしからんパフェバーはいまだに盛況で、三人の吸牛乳鬼たちは毎夜、パフェとアイスを作り続けているらしい。

「しかも人魚の姫というのも、まやかしだったとは。清き乙女がいまだこの世に残っているのかと我をぬか喜びさせおって」

ネットカフェに行かなくなったら自然にネット絶ちができてしまった。見はじめたときは自分がなにをどう言われているのかが気になって、いてもたってもいられなかったというのに、一度離れてしまったら憑《つ》き物《もの》が落ちたかのようにどうでもよくなった。

最近はずいぶんと心が平穏になった。

それでもたまにすすきのの繁華街で占いの店を広げると「痛占い師！」と指を差されることがある。痛いというのが、物理的に、知覚的に「痛い」以外の、どういう意味合いを持つのか、伯爵はいまひとつわからないでいる。

殴られれば痛い。血が出れば痛い。そういう痛みではないなにを、自分は、いつのまに発しているというのか。

「それもこれも我が貴族だからだ。仕方ない。我を見るだけで下民どもが心に苦痛を、視覚的に恐怖を感じるというのならそれこそは誉《ほ》め言葉。クズどもめ。思い知ったか。我の退廃的な美貌に感じ入り、痛みを覚え、泣き叫べばいい。もっと……痛がればいいのだ！」

ふはははははと、伯爵は哄笑《こうしょう》する。

「……もう我と同じ貴族の末裔《まつえい》など、いるはずがないのだ。我は知っていたのではないか」

数えることも忘れるくらいの夜を数え――朝を迎え――突き刺す日の光の痛みに耐えて肌を灼《や》き、血の涙を流し――。

「もう我が同胞はどこにもいないのだと、知っていたのに。なにを夢見ていたのだろうな。吸血鬼……人魚……魔女と魔法使い……地底人……幽霊たちに、トイレの花子さん、そして電話をかけるメリーさん。テレビから出てくる呪いの女に、墓から這い上がって闇を徘徊《はいかい》する死体たち……それから……」

途中から微妙に変なものも交ざっているが、気にしない。

伯爵はなにせ長生きなのだ。二百年前と、昨日の知識が同じ脳に蓄積されている。

闇に寄り添い暮らす一族や幻獣たちは、人の歴史と共に生まれ、暗闇で育まれ――そうして消えていくのだ。

伯爵の居場所はいつのまにか、ここではない、どこかになっていた。気づいたらそうなっていた。

その理由を伯爵は知らない。知りたくもない。

そして伯爵はさすらい続ける。
札幌《さっぽろ》の深夜を歩き、いまの世界に寄り添うようにしてぴたりと貼りついてしまった、どこでもない――ここでしかない現実の夢を追い求めている。

「我と同じ血筋を持ちながら……尊き血脈を下品な趣味で汚したあいつらが……憎い。せめてあの子どもだけは我が手元に引き寄せ……本当の吸血鬼たるものの生き様を……いまならまだ間に合うのかもしれぬ。いまならまだ……」

伯爵の低いささやきが、夜の大学の校舎の闇に紛《まぎ》れ、溶けて、消えていった……。

ばんぱいやのパフェ屋さん

「マジックアワー」のマジック

夜の都会は厚化粧の女に似ているよ。電飾されたきらびやかな街で泥酔して夜明かしをするだろ？　朝になって街の化粧が剝《は》げたのを見てがっかりする。綺麗だと思ってた道ばたにゴミが溜《た》まっててさ、いい加減酒のせいで吐きそうでつらくて頭も痛くてさ。こんなに汚い街だったっけってね。朝日と一緒に魔法が解けるんだ。

遠い昔に誰かがそう言った。

以来、彼は街の素顔にずっと憧れ続けている。

多少の吹き出物も厭《いと》わない。顔の造作より最終的には心の問題なのは人も同じだ。化粧を拭いとったあとの街には、毎日のなにげない人びととの営みが染みついていることだろう。

街の素顔に触れたい。見たい。昼の日差しにさらされた道ばたで、風に飛んでいく塵芥《じんかい》の行方を視線で追いかけてみたい。

熱望し続けているが、おそらくこの夢は生涯、叶《かな》うことはない。
なぜなら彼は――……。

＊

北海道札幌《さっぽろ》市中央区《ちゅうおう》――電車通り沿いに近い商店街の片隅に、深夜営業の『パフェバー　マジックアワー』ができたのはこの春のことだった。

パフェバーとは、各種パフェにリキュールがけアイス、ちょっとしたカクテルやケーキを提供する店だ。築十年を経過した一軒家を改装しレトロなイメージで仕上げた店のドアには『営業時間　日没から日の出直前まで』と書かれた木製の札《ふだ》が下がっている。

ちゃんとした時間は定めていない。太陽が沈んでいるあいだのみが『マジックアワー』の営業時間なのだ。そんなふざけた店であることがどういうわけかネタ的に好意をもって受け入れられ、あっというまに客足の途絶えない繁盛店になった。グルメ系の地方誌に「生クリームと手作りシャーベットにこだわりあり。三人それぞれタイプの違う二十代イケメン店員に癒《い》やされます」という紹介記事が掲載されたのも大きい。

空の底の栓が抜けると、夕焼けのオレンジがきゅうっとすぼまって消えていく。日が沈み、暗くなるまでの二十分はマジックアワーと呼ばれる。その時間、世界は昼でもなく夜でもない、不思議な蒼《あお》い光に満たされる。

店名の由来になったマジックアワーが過ぎ、夜がはじまると同時に『パフェバーマジックアワー』の店員たちはごそごそと起きて動きだす。居住部分の二階から店舗である一階へと下りてきて、とりあえず三人そろってまず冷蔵庫から牛乳を取りだして無言で飲んだ。

腰に手をあててすくっと立ち、グラスに注いだ牛乳を一気飲みする三人の男たちの足もとをロボット掃除機のルンバが掃除のために滑っていく。かすかな機械音をさせ、せっせと部屋を往復するルンバに、ナツが目を細めた。

ナツの金色の髪は太陽のフレアみたいに寝癖でてんでに跳ねている。精悍な男らしい面差《おもざ》しに長い手足の長身の男だ。

ナツは壁につきあたって方向転換するルンバを愛おしげに見つめ、ため息を漏《も》らした。

「今日もルンバはがんばっている。俺もルンバのようにがんばろうと思う」

「ナツはがんばらなくていい」

フユが即座に返事をした。フユは銀色の長い髪を後ろでゆるめに束ねている。ナツが太陽の光だとしたら、フユは月光を思わせるタイプの美形だった。薄めの唇と、切れ長の蒼い双眸《そうぼう》。放つ空気も、零《こぼ》す言葉も冷徹で鋭い。

フユの言葉にナツの眉尻《まゆじり》が垂れていく。叱《しか》られた子犬みたいな悲しい反省顔で
「俺は……がんばることすらできない……のか」と唇を噛《か》みしめた。

「がんばろうとしたお前が一日に何個のパフェグラスを割ったか数えてみろ。ナツはいつも力み過ぎなんだ。もうちょっと肩の力を抜いて動け」

「う……わかった。力を、抜くっ」

「おい。宣言の仕方がすでに気合い充分すぎる。もっと脱力してみろ」

「脱力を……がんば……る」

と言ったナツは、実際に「脱力をがんばった」のだろう。結果的にグラスを摑《つか》んでいた指の力まで抜け、落下したグラスが激しい音をさせて床で砕けた。

「馬鹿かーっ！　まだ店もはじまってないのにいきなりグラスを割るってどういうことだ!?　お前はどれだけグラスを割れば気が済むんだっ」

烈火のごとく怒りだすフユとナツの足もとをルンバがするすると走行する。ルンバはガガガと耳障《みみざわ》りな音を立てグラスの破片をせっせと回収して去っていく。ナツは羨望《せんぼう》のまなざしでルンバの勇姿を見送った。

「俺はいつかルンバになりたい……」

涙目になっているナツに、フユは眉間を指で押さえてうつむいた。

すると、きゃらきゃらと騒々しい笑い声が、ひやっとした部屋の空気をたたき割る。

「うーん。そうだねー。願い続けて努力したら夢はいつか叶うって、こないだテレビで誰かが言ってた。なんかスポーツ選手？　あとアイドルの女の子も言ってたよ」

ハルである。

ビスクドールをそのまま人間にしたような王子様然とした美貌に、けたたましさと自己愛を詰めるとハルという男ができあがる。ハルは牛乳を飲み終えてすぐにダイニングテーブルの椅子に腰かけ、モバイルPCを開いてゲームをしていた。ここのところハルは擬人化させた兵器が戦いあうゲームに夢中で、寸暇《すんか》を惜しんでネットゲーム内で戦い続けているのだ。

そんな彼ら三人、実は現代的に進化してしまった吸血鬼なのである。

進化した結果、彼らは血のかわりに牛乳を飲む。血液と母乳はそもそも色が違うだけで基本的成分は同じなのだ。熱処理もしない生ものの「生き血」など飲むのはがさつだし、お腹を壊す。生きていくだけなら牛乳でいいじゃないか。そもそも日本人は農耕民族なのだし。

という素性については、もちろん、店を訪れるお客たちには内緒だ。

日光がダメで乳製品のみ摂取していてニンニクに弱いが、他はこれといって人間とフユたちとに差異はない。笑ったり泣いたり怒ったり嫌みを言うし冗談も言う。ちゃんと働いていて税金も日本国に納めている。

「そういやそろそろ七夕《たなばた》じゃん？　笹飾り用意しようよー。でで、ナツは短冊に書いたらどう？　ルンバになれますようにって」

ハルが元気よく提案する。北海道の七夕は八月七日だ。なぜかハロウィンのように子どもたちが列を組んでお菓子をねだりにくる。

「ハルっ！　お前は仕事より先にパソコン開いてネトゲするな。とっととパソコンの回線を切って働け。このネット廃人め！」

フユはぴしっと叱りつける。

「五月雨《さみだれ》を集めて怪しインターネット〜、なんてね？」

「そっちの俳人じゃないっ。一句詠んでうまいこと言ったみたいなドヤ顔するなっ」

ナツが首を傾《かし》げ、固まった。三十秒くらい経過してから、目と口が大きく開かれ
「おお。そうか」とつぶやいて力いっぱいの拍手をハルへと向ける。

「ハルもフユもすごいな。俺にはそんなやりとりはできない。俺にあるのは力だけだ……」

キラキラと目を輝かせてナツが褒《ほ》めたたえる。ハルは自慢げに胸を張り、フユはげんなりとした顔で大きなため息を吐きだしたのだった。

*

その日、もうそろそろ閉店しようかという時刻にカウベルを鳴らし店の扉が開いた。

「いらっしゃいませ」

ナツもフユもハルも背筋をすっとのばして入店した客へと視線を投げる。それぞれに普段見せるのとは別の澄まし顔だ。

入ってきたのは二十代前半の男性だ。周防浩《すおうひろし》。フルネームを知っているのは、彼が『マジックアワー』を取り上げてくれたタウン誌の編集バイトだからだ。名刺をくれたあとで、「本業は大学生ですが」とおずおずとつけ足した。取材のときにやって来てからプライベートで定期的に通ってくれている。

はじめて来たとき、春限定の季節の苺《いちご》パフェを一口食べ、スプーンを咥《くわ》えたまま「う……」とつぶやいて目をパタパタと瞬《まばた》きし、溜めきってから「……ま……い。うまい」とつぶやいた印象が強烈でありがたくて、フユは彼のことを気に入っていた。自分たちのパフェを美味《おい》しいと言ってくれる客のひと言や表情は、フユたちを奮い立たせてくれる。心の貯金箱にお客様のひと言を貯金。コインがチャリン。

周防はいつも携帯音楽プレーヤーをぶら下げて、片耳イヤホンで聴いている。つけていない側のイヤホンが胸元で揺れている。さすがに初回のときは仕事だからそんな出で立ちではなかったが。

基本はペーパーナイフみたいな印象の若者だ。薄くて綺麗で鋭そう。でもきっと彼が切るのは紙くらいのものだ。目つきが悪く見えるのは、目元が隠れるくらい長めにのばした前髪のせいもあるかもしれない。もうちょっと前髪を切ればいいのにとフユは内心で思っているが、それは余計なお世話だろうから口にはしない。

今日も一日、ありがたいことに店は混んでくれた。深夜のパフェ屋の客層は圧倒的に女性が多い。すすきの帰りの酔い覚ましに極上のスイーツを食べて帰宅する彼女たちをにこやかに見送り続け、客足が途絶えたのは三十分ほど前だ。店内に残っている客は常連で、三日おきに通って次々とパフェメニューを制覇している女性たったひとり。

フユは壁にかけられたアンティークな柱時計をちらりと見る。時刻は深夜、三時十分。夏の日の出は早い。おそらくあと一時間ほどで太陽が東の空から顔を出すだろう。

三時半には店を片付けて閉店準備をしたいところだ。

店に誰も残っていなければ「本日はもう閉店です。ラストオーダー終わりました」と帰したかもしれない。

「今日の日の出は四時十分前後のようです。それにあわせて当店は三時半には店を閉めるのでもうラストオーダーに入りますけど、よろしいですか？」

「はい。今日は白桃のパフェお願いします」

周防は即決でメニューも見ずに季節限定のパフェをオーダーし、長いカウンター席の壁側の端に座る。

あまり広い店ではない。縦長の空間にふたり掛けテーブル席がふたつと四人掛けの席がひとつ。あとはカウンターにみっしりと詰めれば六人から七人。必然としてひとりで来る客はカウンターに案内することになるのだが、それにしても彼はいつでも壁際の端を選ぶ。その席がうまっているときは「今日は混んでるようなのでまた」と去っていくこともあったので、妙に記憶に残っている。端っこは周防のお気に入りの席。

ひとつ置いて隣に座っていた女性客がちらっと周防に視線を走らせた。通り過ぎてスツールに座った彼を失礼にならない程度に観察している。彼女の名前は吉沢《よしざわ》。職業はイラストレーター。年は二十五歳。フレームの赤い眼鏡をかけていて、セミロングの茶色い髪。ファンシーなものが好きなようでテーブルにのせる彼女のスマホはデコラティブで、何個ものストラップがぶら下げられている。

吉沢はいつも夜明け前の閉店間際にふらっとやってくる。わざわざ客の素性を探るようなことはしないが、自然と会話は積み上がっていき、ぽろぽろと客の背景が見えてくる。

眼鏡《めがね》のレンズ越しに、いつも食い入るようにフユたちを凝視している理由は「わたし、仕事で絵を描いてて。綺麗な顔の人やスタイルのいい人、どうしても観察しちゃうんです。職業病。じろじろ見ててすみません」とのことだ。明るい口調と笑顔、なにより視線そのものがさらっと乾いているから吉沢の凝視は不快ではない。けれどナツだけは見られていると思うと緊張するらしく、吉沢の視線に負けて何度か店内で躓《つまず》いて転んだ。

フユはオーダーを受けてすぐ、厨房にこもってパフェを作る。シャーベットは桃の果汁の甘みだけで作る特製のものだ。凍らせてかき混ぜてのくり返しはけっこうな力仕事で、そこはすべてナツにまかせている。そのかわりデコレートはフユがやる。ナツは不器用すぎて、重力に負けた形のパフェしか作れない。

ちくちくとした細かい棘《とげ》のついた皮を剝くと、桃の甘い香りがぶわっと広がる。何段にも重ねたシャーベットとアイスの上に、食べやすいサイズに切ったつるんと瑞々しい桃をのせてから、ホイップクリームで飾りをつける。アクセントにアーモンド。てっぺんに置いたミントの葉の緑がきらっと光る。

できあがった白桃のパフェを静々と運ぶ。カウンターにパフェグラスを置いたコトリという音が、夜明け前の静かで気《け》怠《だる》い時間に沈んでいく。

「……このお店って現実逃避に最適なんですよね」

ふいに吉沢が言った。

「えー、そうなの？　それってやっぱり僕が非現実的なくらい美しいからかな？」

「それももちろんあるけど」

ハルの返しに吉沢は笑いだす。冗談を言ったわけじゃなくハルがきわめて本気なことをフユは知っている。

「うちでひとりで仕事してると、他人に会いたくなる瞬間があるんですよね。話さなくていいの。でも人の顔が見たい。テレビとかじゃなくて現実の人に。ここができるまでは、二十四時間開いているファミレスに行ってたのね。そうするとタクシー代がもったいないからいっそオールで遊んで始発で帰ろうっていう子たちがたむろってて……時間つぶしてるっていうのが滲《にじ》みでてるんですよね。それが悪いわけじゃないんです。でも……この店の、時間をつぶすんじゃなく、丸めて手のひらで捏《こ》ねてるみたいな雰囲気のほうが好き」

「捏ねるの？」

「そう。お餅とかパン生地みたいに捏ねてから伸ばしてく感じ。伸び縮みしてるの。時間が」

「ふうん。わっかんないやー。ごめんね。でも誉めてくれてるっぽいから嬉しい。居心地いいってことだよね。じゃあまた明日も来てくれる？」

ハルがキラキラした笑顔で言い切る。客に対する友だち口調もなにもかもをハルは己の愛嬌と顔立ちだけで乗り切っていく。自分は誰にでも絶対に愛されるはずだと根拠なく自信を持っている者の強みだ。不思議なことに卑下する者には冷たくあたる人でも、相手が溢《あふ》れるくらいの傲慢さを天然で沸騰させている場合は、押し切られて、仕方なく許し愛す。

「明日はどうかな。仕事の進み次第」

「じゃあ僕、七夕の短冊に『吉沢さんの仕事が進んでまた明日パフェ食べにきますように』って願い事書いて飾るね。まず笹飾り探してくるところからだけど〜」

「そんなふうに言われたら来ちゃうよね」

呆《あき》れを若干込めて吉沢が言う。ハルの調子の良さに引く程度に常識人な部分が、好ましい。吉沢は、これが芸術家気質というものなのか、ふわふわと抽象的な発言が多い。しかしそのすべては存外きちんとした冷静さに裏打ちされているので、聞いていて安心できる。

「ハル、ひとつ訂正しておく。七夕の短冊は裁縫や芸事の上達について願うのが本来なんだ。なんでもかんでも頼もうとするな。彦星《ひこぼし》も織《お》り姫《ひめ》も困るしそもそも願望達成装置じゃない」

「え……じゃあ俺はルンバにはなれないのか」

ハルではなく、ナツが絶句した。

人間も吸血鬼も願ったところでルンバにはなれない。そもそもルンバになろうと思わないでもらいたい。フユは苦笑いを噛み殺しナツを冷たく見返す。ナツもハルもこんなふうだから、フユがしっかりしなくてはならないのだ。まったく。

柱時計が三時半の時刻を教える。吉沢がそろそろ帰らなくてはという気配を見せる。カウンターの端の周防は、白桃パフェを食べ終えスプーンを置いた。

ほぼ同時にふたりともにスツールから立ち上がる。

レジ前に先に立ったのは吉沢だった。籠《かご》バッグのなかに手を差し入れてごそごそと財布を取りだす。引き抜いた指と鞄《かばん》のあいだから、なにかが床に落ちた。細長いそれを、後ろに並んだ周防が腰を屈《かが》めて拾い上げた。

「落ちましたよ」

「え……あ」

周防が手のひらにのせていたのは、耳かきだった。梵天《ぼんてん》部分に民芸調の顔がついている。おかっぱ頭のこけしみたいなその顔は、どことなく吉沢に似ていなくもない。

耳かきというのが想定外だったので、その場にいるみんながきょとんと目を瞬かせる。別に鞄のなかに常時耳かきを持ち歩いている人がいてもおかしくはないのかもしれない。人それぞれ。が、そもそも持ち主である吉沢までもが目を丸くしている。

「わ……まただ」

困惑したような、怯《ひる》んだ小声で吉沢がつぶやく。それから耳かきを慌《あわ》てたようにして周防から受け取り、

「すみません。ありがとうございます」

と頭を下げた。

＊

『マジックアワー』の明け方の空気感が餅やパン生地みたいに捏ねられているのかどうかは、フユたちにはよくわからない。ただし時間によって独特の連帯感は生まれつつあった。夕方から九時くらいまでの客層と、九時から終電までの客層――

そして終電を逃してから閉店までの客層とは、明らかに違うカラーが存在する。

吉沢は典型的な夜型で『マジックアワー』の徒歩圏内に住んでいるらしい。周防もおそらく店の近所に住んでいる。このあいだの夜にフユが商店街の会合に出向いたら、途中の道で周防に会った。自販機で缶コーヒーを買う横顔にちいさく会釈したが、周防はフユには気づかなかった。珍しく携帯音楽プレーヤーとイヤホンを装備していなかったから、ひょっとして人違いかもと思った。でも見間違いじゃなくあれは周防だった。

周防は『マジックアワー』にぽかりと人がいなくなる時間に、するっとやってくる。音楽好きらしいのに、本人は基本的に無音な雰囲気で静かに入ってきて無言でパフェを食べ帰っていく。

今日もまた周防は左端が壁のカウンター席で、ひとり静かにパフェを食べていた。

「いつもなに聴いてるの？　音楽がすっごい好きなんだね？　僕、最近、新しい曲とかバンドとか発掘中なんだよね。ピンとくるやつ。おすすめある？」

ハルが人なつこく声をかける。

「え……なにっていうほど」

「いまどきの若者たちはどんなものが好きなのかなっ。リサーチだよリサーチ。っていっても僕もまだまだ若者ですがっ」

ずんずんと近づくハルの勢いに、周防は壁際へと追いつめられた。

「ハル？」

フユが咎《とが》める声で名前を呼ぶと、ハルはちょっとだけ唇を尖《とが》らせて肩をすくめた。誰も彼もが会話を欲しているわけじゃない。放置されたい客に対して、距離を詰めるのは店員としていかがなものか。

謝罪の意味を込めて頭を下げると、周防もつられたようにぺこりと頭を上下させる。前髪の向こうで切れ長の目が困ったように揺れた。

「別に、教えられるほど詳しくないんです。編集部の先輩がすすめてくれたのをそのままダウンロードしたやつで……。聴きますか？」

「うんっ。聴かせて聴かせて～」

「……ハル」

小声で叱るがハルは元気な子犬みたいな顔をして周防の前に立つ。なにかおもしろいことしてくれるんでしょと期待に満ちた表情だ。実力行使で引きずらないと、好奇心を抱いたハルを対象からは引《ひ》き剝《は》がせない。たとえ相手が客であろうとも。

フユはうんざりして近づいた。このあとハルは減給だ。さらに心に染みるまでハルとは目を合わせないで無視の刑だ。ハルは子犬と同じで、近しい相手から完璧に無視されると、アイデンティティが揺らぎへこたれる。僕を見て見て、いつでも僕と遊んでと全身で訴えるハルに対しては毒舌よりも無視がお仕置きとして効果的だ。

周防はいつもぶら下げているだけの側のイヤホンを右耳につけた。ボリュームゾーンを調整する指先とプレーヤーのディスプレイのゲージがちらっとフユの視界に入る。真っ暗だったディスプレイにポッと光が灯《とも》るのが見えた。周防はうつむいて携帯音楽プレーヤーを操作している。

イヤホンジャックからイヤホンを外すと、音がかすかに零れる。ずいぶんと小さな音。周防の器用そうな指が、ボリュームのダイヤルをさらに押し回した。

「あ。この曲知ってる。ボカロＰの――」

「そうです。これはボカロじゃなくて自分で歌ってるアルバムで」

そこからハルと周防はフユにはわからないことを楽しげに話しだした。

ハルと周防は意外と趣味が合うのかもしれない。ふたりの会話はわりあいに弾《はず》み、パフェと一緒に運んだコーヒーがすっかり冷める程度には時間が経っていた。

「あとさあとさ、僕、周防くんのこと近所で三回くらい見かけたよ〜。こないだはイヤホンつけて音楽聴いてたよね。本当、よっぽど音楽が好きなんだね〜」

「そんなでも……普通です。僕はただ……」

なぜかちょっと暗い顔で周防が視線をそらす。

「音楽聴いてなかったときもあったけど、そんときは気づいてもらえなかったっぽい。すぐ側の交差点の信号前で、周防くんは道を渡ってってたんだ」

「え。気づかなかったんですか。すみません。僕……」

僕、の後にどんな言葉がくるのか引っかかるような言い方だった。そこで文章がおしまいかもしれないし、つながるのかもしれない。

けれど言おうとしたなにかを飲み込んだような間をあけて「そういえば」と周防は思いついたみたいにつぶやく。

「耳かきの子、ここのところ来ないですね」

周防にとって吉沢はもはや「耳かきの子」である。

「うん。来ないよね。こないだまで三日おきくらいに来てくれてたのにな～。忙しいのかな～。そういえばあの耳かきのとき、あの子、ちょっと気になること言ったよね」

「この店が現実逃避に向いてるっていう話ですか？　あのフレーズいいなって思いました。僕もこの店で過ごすときそんな気がしてたから」

「え……。ああ、そんなことも言ってたね。時間を捏ねる？　でもでもそっちじゃなくて、耳かき落としたときの話っ。まただ……みたいなこと口走ってたでしょ？　そんなに何回も鞄から耳かき落としてるのって、それが気になっちゃって。どうしたらそんなことになると思う？」

「どうしたら……って」

周防が困惑している。フユはハルたちの会話から、吉沢のことを考える。

そもそも吉沢自身が鞄から耳かきが落ちたことに驚いていた。ということは耳かきを入れた記憶がなかったのか。

吉沢は、周防の指摘のとおりに耳かきを落とした日から五日ほど店に顔を出していない。それまでまめに来てくれていた客がひとり来なくなると、自分のパフェの味のせいだろうか、サービスが悪かったのだろうかなどと反省点が自然と湧き上がってくる。

カラン、とベルの音がする。フユたちは一斉にドアを見る。

噂をすれば……で五日ぶりの吉沢だった。みんなの視線がぐっと自分に向けられたことに驚いたようで、入ってすぐに動きを止めて「え……」と言った。

「あ～、いらっしゃいませ。いまちょうど吉沢さん来ないなって話してたんだよ。このままだったら僕、本当に七夕に『吉沢さんがパフェ食べに来てくれますように』って短冊を書くところだったよ！」

「ハルさんいつか誰かに刺されるような気がしますよ？　そのルックスで誰彼構わず女性に対して優しいこと言ってるとストーカーとか出てきそう。気をつけてください」

吉沢はふわっと笑ってそう返しカウンター席に座った。

「それが不思議とハルはモテない。ハルがきわめつけのナルシストで自分しか大好きじゃないってこと、女の子はみんなすぐに気づいちゃうんだろうね。――いらっしゃいませ」

フユは水を注いだグラスを吉沢の前に置く。

「えっえー。僕、モテるのにっ。だって可愛《かわい》いからっ」

ぶうっと膨《ふく》れたハルの側《そば》でナツがおろおろした顔になり「うん。そうだ。ハルは可愛い」と力強く首を縦に振った。

「もっと誉めて」

「とにかく可愛い。えっと……可愛い。つまり可愛い」

「ナツの語彙って貧弱ぅ」

誉めたのに非難されてナツが涙目になって固まった。そんなふたりを見て吉沢がくすりと笑う。店をやりはじめてから知った。女性は、男同士の仲の良いやり取りを傍《はた》から眺めるのがわりと好き。

「そういえば、この店、中学生くらいの子がもうひとりいるんですね。昨日珍しく昼間に出かけたら、笹飾りを持った男の子が店の手前で……友だちなのかな？　坊主頭の子とひょろっとした背の高い子と話してるの見ました。あの子、兄弟ですか？　ハルさんに似てたから、自然と頭下げて挨拶しちゃった。そうしたらその子も『こんにちは』って返してくれたわ。あの子も可愛いかったです」

「そそそ。一緒に住んでるんだ〜。中学一年生で僕の可愛い愛弟子《まなでし》だよ。音斗《おと》くんっていうんだ」

音斗は、厳密には兄弟ではない。遠い親戚であるその少年は理由《わけ》あってフユたちと同居している。昼間は学校に行っていて、夕方ならば彼も店の手伝いをしてくれることもあるのだが、深夜帯はさすがに二階で眠りについているから吉沢とも周防とも会ったことがなかった。

「このお店、昼間は開けてくれないんだもん。昼型の生活してたら来そびれちゃって」

吉沢がさらっと言う。

「ごめんなさい。うちは営業時間だけは絶対に変更しないので」

吸血鬼なので昼は出歩けないのだ。

「っていうかさー、なんでいきなり昼型にしようとしたの？」

ハルはまた突っ込まなくてもいいところを突っ込むからと、フユは内心で舌打ちをする。ぐいぐいと人のプライベートに切り込んでいく。場合によってはそれを嫌がって店を離れる客もいるだろう。あとでハルをたしなめておかなくては。

「こないだから、夜、ひとりで家で起きてるの怖くなったんですよ。できるだけ夜は眠るようにしてたんです。でも染みついてる生活サイクルを変えるのは難しいですね。結局、やっぱり深夜のほうが仕事の進みがいいから、昼夜逆転生活に元通り」

「なんか怖いことがあったの？　オカルト？　お化け的な？　なになに。気になる〜」

獲物を見つけた猫みたいにハルの目が爛々《らんらん》と輝きだした。ハルの興味を惹《ひ》く類《たぐい》のネタだ。

「笑わないでくださいね。わたし真面目《まじめ》なんですから」

「笑わない」

宣誓するように手を胸にあて神妙な顔つきでハルが言う。ハルだけではなくナツも周防も吉沢の話に引き込まれている。実はフユもだ。

「うちに呪われた耳かきがあるんです。つまり……このあいだの耳かき。あれ顔ついてるじゃないですか。部屋のなかで妙な視線を感じたような気がして、顔を上げると、そこで耳かきがこちらを見ているんですよ」

「呪われた耳かき……ですか？」

真顔で訴える吉沢に、周防が首を傾げて聞き返した。珍しく間合いを詰めて、壁から離れ、吉沢へと右側に身体《からだ》を傾《かたむ》けている。

「持ち歩いてるわけじゃないんです。でも勝手についてきちゃうんです。何度も外出先の鞄から落ちるんです。でもね、わたし耳かきなんて鞄に入れた記憶ないの。捨てようかなと思うけど、本当に呪いとか霊的なもので耳かきになにかが憑《つ》いてるなら、捨てちゃ駄目だろうし……かといって供養に出すにも耳かきだから恥ずかしいような、馬鹿馬鹿しいような……で」

「視線が気になるのは……壁の絵がいつもこちらを見ているような気がするっていうのと同じ原理なんじゃないのか」

フユは、本気で困っているような吉沢の顔を見つめ、おもむろに口を開く。絵のなかの人の視線がいつも自分を見ているように追いかけてくるというのは、よく聞く話だ。顔のついた小物の目も、気にしだしたら「常に自分を見ているようで」と感じてしまう心境もわからなくはない。

「じゃあ追いかけてくるのは？　鞄を持ち替えても、どうしてか耳かきが入ってるんですよ？　ここで耳かき落とした翌日のコンビニで、違う鞄からもあの耳かきが出てきて……」

　心底ぞっとしたように言う。

「レジ前で？　財布を取りだそうとしてですか？」

「はい」

　フユは吉沢の全身と、傍《かたわ》らに置いた鞄を眺めた。

　鞄の持ち手のところにバッグチャームがついている。普通スマホはストラップをつけられる穴がないはずなのに、吉沢のスマホにはじゃらじゃらと大量の飾りがぶら下がっていた。わざわざ穴を自分で加工してまでストラップを下げたかったということだ。

「吉沢さん、耳かきの部屋での定位置はどこですか？」

「どこって……リビングの棚の上です。小物入れに差してます」

「その小物入れに入ってる他のものはなんですか？　耳かきだけ？」

「いえ。爪切りとか毛抜きとかハサミとかと一緒です。え……もしかして耳かきは耳かき専用の入れ物にひとつだけ入れておかないと祟《たた》るとか？」

「まさか。その小物入れには家の鍵も入れてませんか？　で、キーホルダーにいろいろとぶら下がってたりしませんか？　もしよかったらその家の鍵を見せてください」

「鍵も入れてます……けど。はい」

不審な顔で吉沢は鞄を膝の上に置きごそごそとなかを探る。取りだしてフユへと渡した家の鍵は、案の定、キーホルダーに大量のぬいぐるみやらアクセサリーやらと一緒にぶら下げられていた。

「たぶんこのもふもふした毛玉みたいなのとか、猿っぽいぬいぐるみとか、きりんみたいなのとか……こういうのが常に耳かきに引っかかってるんですよ。家の鍵を小物入れから取りだしてその日の鞄に入れる際に、気づかないままなかに入り込んでるんじゃないですかね」

「え……？」

「さすがフユだ」

ナツが言う。ハルは「なーんだ。それっぽい。つまんなーい。オカルトじゃないっぽーい」と落胆する。周防も「僕もそれに一票」と深くうなずいた。

「試しに耳かきと家の鍵を違う場所にしまってみて、それでも耳かきが吉沢さんの外出時についてまわるならそのときはまた供養なり、なんなり考えましょう」

「そうか。呪いの耳かきじゃないんだ……。よかった。でもすごく納得する」

吉沢がほうっと大きく息を吐く。あまりにも本気の言い方だったからか、聞いている周防の口元がふっと緩んだ。あまり笑わないけれど、笑うと周防はちょっと幼く、愛らしくなる。いわゆる母性本能をくすぐる系。

「……笑わないでって言ったのに。もう」

白い歯を見せた周防に向かい、吉沢が拗《す》ねた声をあげた。

「すみません。でも……悪い意味の笑いじゃないですから」

ふたりの視線が交差して——あ、いま吉沢は周防に対して「好意」のシャッターをぐいっと引き上げたと、見ているフユにはひと目でわかった。周防もまた吉沢に、閉じていた心のドアを開いた。

同じ店によく通う常連客で、たいして話もしなかった他人のふたりが、引きつけられる瞬間にフユたちは立ち合った。

好奇心をくすぐるようなちょっとした謎と、そこにまつわるささやかな会話。くすっとくるような笑い。ここまで「なんとなく」同じ店のパフェに舌鼓を打ち、同じ時間をまったりと共有してきたすべてが、捏ねあげられる。人生にはそういう瞬間がある。

突然、気持ちのシャッターが上がるときが。

恋がはじまるのかもしれないなと思いながら――フユは周防と吉沢の、くすぐったそうな笑顔を見比べたのだった。

＊

それで恋物語が勢いよくはじまるかというと、そうはならなかった。周防と吉沢は実にじんわりと仲を深めていった。店に通うペースも同じで、偶然出会うとカウンターで会話をはじめる。周防の席はいつも左側の端で、吉沢はいつのまにかそこからひとつスツールを置いて隣の席に座るようになった。周防がまだ来ていないときも左側から三つめの席に座るようになった吉沢に、なんだか焦《じ》れったいなと思うフユである。

夜明け前には閑散となることが多いが、それでも休みの前日は混み合うから、たまには左からふたつめの席にも人が座ることがある。そうすると吉沢はちょっとだけ寂しそうな表情を見せる。

そして周防もまた自分が先に来たときに、隣の席にひとり客が座ると「あ」とちいさく息を吐くのだ。

ひとつ置いて隣というのがふたりの間を絶妙に示している。

だったら隣合わせに座ればいいじゃないかとか、だったらいっそ外で連絡を取ってでも待ち合わせればいいじゃないかとか思いながらも、そこまでお節介をやくつもりはないので黙っている。

つかず離れずの距離感のふたりを見守っているうちに、気づけば秋になっていた。

修羅場明けでやっとイラストの納品を終えたと、五日ぶりに吉沢が顔を出す。ちょうど前日、周防がカウンターのいつもの席に陣取って「レポートの提出と雑誌の校了が重なるのでしばらくパフェも食べられないかも」と残念そうに言っていた。

吉沢は薩摩《さつま》芋《いも》を練り込んだアイスが濃厚な「季節限定薩摩芋パフェ」を黙々と食べている。ときどき背後を気にしたり、左側をぼんやりと見たり——吉沢のわかりやすい態度に、とうとうフユは音《ね》を上げた。

手助けしないとこいつらはここから先にいけない。せっかく心のシャッターをガラガラと開けたのに。

「久しぶりですね。周防くんはしばらく来られないからって、昨日、季節のパフェを薩摩芋と栗と二個平らげていきましたよ」

本当は常連客同士でのカップルなんて面倒事の種だから嫌なのに。揉《も》めたら相談に乗らなくちゃならないだろうし、万が一にでも別れたらふたりとも店から離れていってしまうかもしれない。それでも世話焼きな声をかけたのは、吉沢があまりにも切ない、可愛い顔をして見せたからだ。「左端の席にあの人が座っていてくれたらいいのにな」と、それだけ願っている表情が、あどけなくて健気《けなげ》で――ぐっとくる。擦《す》れてしまったフユにもかつてはこんな時代もありました。若いっていいねと、ひとりごちる。

「そう。しばらく来ないんですね。そっかー」

「連絡先の交換くらいしてみたらどうですか？」

「連絡をとる理由は特にないし。ここに来たら偶然会えるし」

「そうですか？　パフェのついでに会えて嬉しいのか、会いたいという気持ちのついでにパフェ食べに来てくださってるのか、最近のおふたりはどっちかななんて感じさせますけどね。まあどちらでもうちのパフェ食べに来てくれている限り俺はいいんです。どうぞ末永く御贔屓《ごひいき》に」

笑顔で告げた。ここまで突っ込むのはフユのポリシーに反する。でもわざと強がってみせている吉沢の背中を押してやりたいと思ってしまった。

「え……」

「最近、耳かきはどうですか？」

「耳かきは違う小物入れにしまうようになったらついてこなくなりました」

「そうなんですか。じゃあ、耳かきの除霊についてのアドバイスは持ちかけられないですね。でも、普通に仕事の愚痴《ぐち》相談とかなんでもあるでしょう。こないだはうちで、お互いの仕事について情報交換してたじゃないですか。雑誌編集とイラストレーターとして。他に客がいるときは、誰に聴かれるかもわからないから危ない話はここでおしまいって、にっこり笑って話し終えてた。あれの続きをふたりでこっそりとって、そう言えばいいだけでしょう」

うるさいハルも、気にしいのナツも、厨房にいる。グラスを洗ったり明日の仕込みをしたり仕事はたくさんある。フユと吉沢のふたりのときじゃなければこんな話はできやしない。ちなみに周防に対してアドバイスする予定はない。周防は男なんだから自力でがんばれ。

「そんなにわたし、わかりやすいですかね。周防さんのこといいなって思ってるの出てました？」

「まあ」

苦笑して応じる。

「……出てるんですね。やだな」

「なにが？」

「だって見込みないですもん」

はっぱをかけたフユに吉沢が悲しい顔でつぶやいた。

「なんでまた？」

妙に確信して言い切る吉沢に呆気《あっけ》にとられる。きみたちは自分たちの様子を理性的に見直すこともできないというのか。フユからすれば互いに惹かれあっているのは一目瞭然なのに、どうしてそんな返事が？

「周防さん、ここの近所に住んでるでしょ？　生活圏がわりと一緒で、動く時間帯もけっこうかぶってるからたまに見かけます。でもね——声かけても無視されちゃって」

無言になったフユに吉沢が嘆息混じりに話しはじめる。想いが胸に溜まっているのだろう。誰かに悩みを打ち明けたかった。そんなタイミングでフユが矛先《ほこさき》を向けた。そういう感じ。

「無視？」

「店の外で会ったら挨拶しても無視されるのかって思うと、やっぱり……。一回だったら気づかなかったのかなですむけど二回もあったから」

吉沢はしゅんとしている。

「それでここのお店で会ったときに『このあいだ近所で見かけました。イヤホンしてないから違うかなって思ったけどやっぱりあれは周防さんだったと思うんですよ』って言ったら『そうですか』ってそれだけだったんですよ。『声かけてくれれば』って言ってくれなかったです。ね、見込みないでしょう？」

見込み——はあるはずだ。

フユの人間観察力はたしかなものなのだという自負がある。

だとしたらなにが問題なのだろう。フユは脳内にこれまでの記憶を引っ張りだす。頭の奥の引き出しにしまい込んできた様々な断片を順に並べる。

ハルも前に外で周防を見かけて挨拶をしたが気づいてもらえなかったというようなことを言っていなかったか？　あのとき周防はなにかを言いかけた。なにを言おうとしたのだろう。

「前にハルが、周防くんがどんな曲を聴いているのかって尋ねたことがあるんですよ」

フユはゆっくりと口を開く。しょんぼりとうなだれた吉沢に、ひとつひとつ確認するように。

「そのとき周防くんのプレーヤーは再生を止めていたんです。音楽プレーヤーは動いてなかった。俺たちに音楽を聴かせるために電源を入れて音を流した。たぶん周防くんはずっと音を流さずに、それでもイヤホンを片耳につけているんです」

フユたちに音楽を聴かせるためにと、音の確認をするのにわざわざ右の耳にイヤホンをつけていたこともなんとなく気にはなっていた。左耳のイヤホンだけじゃ駄目なのか、と。

「彼はいつも左端の壁際のカウンター席に座る。それだけじゃなく自分の左側に人がいない位置を取る癖がある。はじめてうちの店に取材に来たときからずっとそうだった。先輩の記者の人の左側で、ひどく熱心に耳を傾けて人の話を聞いていた」

思い当たることを羅列していく。導かれる結論をそっと唇に上らせる。

「周防くんてもしかしたら……左の耳の聴力が弱いんじゃないかな。それを人に気づかせないように左に人を立たせない。話しかけられないように左の耳にイヤホンをつけている。だから左側から声をかけても気づいてもらえないんじゃ……」

パフェグラスのなかでスプーンが、カランと鳴った。

「だから——吉沢さんが外で会っても無視されたってだけで見込みがないと思ってるなら間違いかもしれない。周防くんは吉沢さんのことわりと好きなんじゃないかなと思いますよ」

「なんだかかなり大胆な推理ですね。どこまで自信持って言ってます？」

「自信は百パーセント。俺、こう見えて実はけっこう年を取ってるんです。見た目の二倍くらいには」

「まさか」

「人生経験値が高い俺の観察眼を信用してみてもいいんじゃないかと。ただし責任は一切取りませんよ」

　吸血鬼なので永遠の命を刻み、年も取らず、もう長い月日を生きている。本気で告げてもどうせ笑えもしない冗談だと流される。

「責任は取らないんですか」

「人の恋路の責任なんて取れるはずないじゃないですか。失恋したら慰《なぐさ》めるくらいはしますし、どこよりも美味しいパフェを作って、甘みで吉沢さんを癒やします。ただしパフェ代はいただきます。うちも商売ですし、金はなによりも大事なものなので」

　吉沢は「はあ」と、気が抜けたみたいな声をあげた。スプーンでパフェを掬《すく》い、口に入れる。眼鏡を押し上げて、

「たしかに、わたしの恋の責任はわたしが取らないとですよね」

ときっぱりと告げる。吉沢はふんわりしながらも、そういうところは冷静なので

ある。

「次にこの店でも、近所でも会えたら、右側から声をかけてみたらどうかな。そして連絡先を聞く。ついでに好きだと言う。もしこの恋が叶ったら美味しいパフェを作りましょう。もちろんお金はいただきますが」

そう言ったフユに吉沢は「フユさんて甘いようで冷たいですよね」とスプーンでパフェグラスの底をコツンと叩いた。

フユの外見にとらわれずよく見ていらっしゃるようで……。

フユは口の端だけで笑い「パフェのおかわりはいかがですか。栗のパフェも季節限定ですよ」と営業トークに入った。

＊

その後の吉沢と周防のあれこれをフユはまだ聞いていない。

フユが知っているのは、ある日、ふたりが照れた顔をして一緒に店のカウベルを鳴らしたことだけだ。

並んで入ってきたふたりを見てハルが「あれれ。あれれれれれー？」と騒ぎ立てた。

「偶然、近所で見かけたから声をかけて……それで仕事の相談を聞いてもらいたいからってお誘いしてさっきまで別のお店で話してたんです。でもいくら話しても話がつきないから、やっぱり『マジックアワー』でパフェも食べようかって……」

吉沢がちらっとフユを見て言った。アドバイスどおりに持ちかけたらしい。

「シメはパフェにしようって僕が誘って」

周防が言う。

ふたりともお酒が入っているのかちょっと目元が緩《ゆる》んでいる。顔が赤い。

ふたりはカウンターに隣合わせで座った。周防はカウンターの左で、吉沢はその横。ふたりの関係はスツールひとつ分、距離が縮まった。よし、がんばれと心のなかでふたりに声援を送る。

オーダーは吉沢がパフェで、周防はくるみのリキュールがけのアイスだ。

やたらに話しかけたがるハルを制して厨房に追いやり、フユはふたりがゆっくりと話せる空間を作った。

「僕……左の耳が聞こえづらくて。左側から声かけられても気づかないことがあるんです。吉沢さん、今日最初からずっと僕の右側から話しかけてくれてるから気づいてるのかなと思いました」

カウンターでの会話がちらっと耳に入ったが、フユは聞かないふりをして店の奥へと場所を移動した。

いい雰囲気だった。

今日、告白がなくてもそのうちどちらからともなくあるだろう雰囲気だった。

ここから先は勝手にやってくれ。だけどいつまでもうちにパフェを食べに来てくれ。

パフェとアイスを食べてから仲良く出ていったふたりの背中にフユは強く念を送ったのだった。


閉店だ。

店の看板をおろすために外に出る。あと少しで夜明けだ。

ひやっとする冷たい空気に皮膚の表面がきゅっと締まる。

こんなに寒い秋だというのに、店の前のベンチに座って話し込むカップルに視線を向ける。

「おいおい」

フユの唇から呆れた声が零れる。

カップルは、周防と吉沢だった。

店を出てからも話し足りなくて店の前のベンチで話し続けたらしい。日の出前には絶対に店を閉める『マジックアワー』での長居は無理と、ちゃんと理解している常連ならではである。

フユと目があった周防は照れた顔をして笑った。吉沢は「見つかった」というように首をすくめ眼鏡をきゅっと押し上げた。

ふたりの真ん中にはいつも周防が持ち歩いている携帯音楽プレーヤーがある。ひとつのイヤホンを片耳ずつ、ふたりでつけて音楽を聴いている。周防は右耳に、吉沢は左耳に。コードの長さが足りないから、ふたりの頭がこつんと当たっている。寄り添って並んで座るふたりは、どこから見ても仲睦まじいカップルだ。見ていてくすぐったくなるくらい。

フユはやれやれと首を振り、一旦店へと戻ると急いでマフラーを持って戻る。もういないかなと思ったが——まだベンチに座っている。いまからこれならこの先が思いやられる。なんていう似合いのふたり。あるいはバカップル候補。

すたすたと近づいてフユはふたり同時にマフラーでくるっと巻いた。

こんな仲良しにはひとつのマフラーで充分だ。というかフユとしては男に優しくする必要は感じないので、吉沢にだけ貸した気持ちで。

「とっとと帰れ。風邪ひくぞ。——風邪ひいたらうちにパフェ食べに来てくれなくなるかもしれないからな。気をつけて」

くだけた口調になった自分も、周防と吉沢との距離を詰めてしまっているなと思う。客と店員だからこその一線は必要だから、気安い態度は一瞬だけといましめる。

フユは片手を挙げて店へと帰った。

北海道札幌市中央区——電車通り沿いに近い商店街の片隅に、深夜営業の『パフェバー　マジックアワー』。

ときには恋もはじまる、牛乳を飲むイケメン吸血鬼たちがパフェを作る店。
フユが閉じた店の扉の向こうで、ふたりは朝日を見るだろう。
フユの見たことのない、街の素顔に目を細め、見つめあって家路につくのだ。
化粧を拭《ぬぐ》いとった朝の街でも、夜更けでも——暮らす人の気持ちは変わらない。
笑いあって泣いて恋に落ちたり喧嘩《けんか》をしたり。
毎日のなにげない人びとの営みがこの街には染みついている。
自分は街の夜しか知らない。でもいいかとフユは思う。
フユ以外の誰かが朝焼けを見る。
それでいいんじゃないか、と——。

※本書は2014年1月にポプラ文庫ピュアフルより刊行しました。

佐々木禎子（ささき・ていこ）

北海道札幌市出身。1992年雑誌「JUNE」掲載「野菜畑で会うならば」でデビュー。BLやファンタジー、あやかしものなどのジャンルで活躍中。著書に「あやかし恋奇譚」シリーズ（ビーズログ文庫）、「ホラー作家・宇佐美右京の他力本願な日々」シリーズ、『薔薇十字叢書　桟敷童の誕』（以上、富士見L文庫）、『着物探偵　八束千秋の名推理』（TO文庫）などがある。

表紙イラスト＝栄太
表紙デザイン＝矢野徳子（島津デザイン事務所）

teenに贈る文学 6

ばんぱいやのパフェ屋さんシリーズ②
ばんぱいやのパフェ屋さん
真夜中の人魚姫

佐々木禎子

2017年4月　第1刷

発行者　長谷川 均
発行所　株式会社ポプラ社
〒160-8565　東京都新宿区大京町 22-1
TEL 03-3357-2212（営業）
　　03-3357-2305（編集）
振替 00140-3-149271
フォーマットデザイン　楢原直子
ホームページ　http://www.poplar.co.jp
印刷・製本　凸版印刷株式会社

N.D.C.913 ／ 326P ／ 19cm
ISBN978-4-591-15380-2

teenに贈る文学

一鬼夜行シリーズ
①〜⑦

小松エメル

文明開化の世を賑わす妖怪沙汰を、
強面の若商人と
可愛い小鬼が万事解決!?

装画：さやか

一鬼夜行

一鬼夜行
鬼やらい〈上〉

一鬼夜行
鬼やらい〈下〉

一鬼夜行
花守り鬼

一鬼夜行
枯れずの鬼灯

一鬼夜行
鬼の祝言

一鬼夜行
鬼が笑う